王国騎士になるはずがお妃候補になりまして

登場人物紹介
ギルバート・ディータ・グリスフィン
文武に秀でたグリスフィン王国の若き王。23歳。
漆黒の髪に紫紺の瞳をした美丈夫。
なぜか女性を側に寄せ付けず、未だ婚約者すらいない。
レオーネ・フィディオロス
フィディオロス伯爵家の一人娘。18歳。
将軍の父や5人の兄弟たちの影響により、騎士らしく立派に成長。
豪奢な金の髪をした裏表のないまっすぐな少女。

フィディオロス将軍
豪放磊落なレオーネの父。
王家も認める勇猛な騎士。
セルダム
明るく陽気なレオーネの次兄。
王国騎士。
王太后
ギルバートの母で
王宮の女主人。
宰相
グリスフィン王国の宰相。
グロリア・フィオン・スレイグ
隣国スレイグ王国の第一王女。
ギルバートの妃となるべく押しかける。

第一章　お妃選びの夜

ガキィン！　と刃物が打ち合う高い音が響き渡る。

下から鋭くすくい上げられた青年の手から剣が離れ、くるくると空中を回った。ほどなく、それは刃を下にして、柔らかな地面にグサリと刺さる。

「――そこまで！　勝者、レオーネ様！」

審判をしていた男の声が響き、息を呑んで見守っていた人々がわっと歓声を上げる。

剣を弾かれた青年は尻餅をついたまま、突き刺さった剣を呆然と見つめていた。だが対戦相手が剣を収めるのに気づいて、ハッと顔を上げる。

彼が視線を向けた先には、動きやすいシャツとベスト、乗馬用の脚衣と革の長靴に身を包んだ、一人の少女がいた。

獅子の鬣《たてがみ》のような濃い金髪をひとくくりにした彼女は、剣を収めた鞘《さや》を左手に持つと、右手を胸元に当て一礼する。剣の試合の最初と最後は、このような礼をするのが決まりだった。

しかし青年のほうは立ち上がろうともせず、それどころか震える手で少女を指さして、なにやら言い訳を並べ立てる。

「い、い、今の試合は無効です！　こちらが剣を抜いた瞬間に仕掛けてくるなどっ……。ひ、卑《ひ》怯《きょう》だとは思いませんか！」

青年の主張に、しかし少女は緩やかに首を横に振った。

「剣を抜いたその瞬間から、勝負は始まっております。一瞬の油断が命取りだと、将軍職にある父から再三聞かされておりますので」

「だからって、いきなり向かってくるなど……！」

まだ抗議しようとする青年に対し、非難を浴びせたのは少女ではなく、勝負の行方《ゆくえ》を見守っていた周囲の人々だった。

「おいおい、にーちゃん！　レオーネ様に負けたからって、いつまでもグチグチ言うなよ！　男なら潔《いさぎよ》く負けを認めておけ！」

「そうよそうよ！　それに、これ以上レオーネ様を悪く言うなら、フィディオロス将軍様の領民である、このあたしたちが黙っちゃいないよ！」

屈強な男たちや気の強そうな女たち、果ては子供たちにまで睨《にら》まれて、青年は口元を引き攣《つ》らせる。

さすがに、これ以上なにか言うのは分《ぶ》が悪いと思ったのだろう。なんとか立ち上がると、頬をピクピクさせながら再びレオーネを指さした。

「きゅ、求婚されるたびに勝負を挑み、毎度相手を打ちのめして悦《えつ》に入《い》るなど……噂通り、とんでもない礼儀知らずだ！　とても淑女のやることとは思えません……！　恥を知りなさい！　あなたのようなじゃじゃ馬を嫁にもらいたいと思う男など、近いうちにいなくなるでしょうねッ！」

負け犬の遠吠え、とはこのことを言うのだなぁ……と、じゃじゃ馬と言われた少女——レオーネは乾いた笑みを浮かべてしまう。

だが、それを聞いた領民は一斉に眉を吊り上げて、青年に囂々《ごうごう》と非難を浴びせた。

「なんだ、その言い草はぁ!!」

「都育ちのひょろい若造が、うちらのお嬢様と結婚しようなんざ百年早いんだよ!!」

「一昨日《おととい》きやがれ！　ばあさん、塩じゃ、塩もってこい！」

——終《しま》いには塩のみならず、その辺の農具や鉄くずまで投げつけられて、青年は這々《ほうほう》の体《てい》で馬に乗って逃げていった。

「——まったく！　レオーネお嬢さんに求婚しにくる男ってのは、碌《ろく》な奴がいねぇなぁ！」

「もっと骨のある男じゃなきゃ、レオーネ様は渡せないよ。絶対に！」

「みんな、ありがとう。でも鍬《くわ》を投げつけるのはさすがにやり過ぎ。あの若いひとはともかく、馬に当たったらかわいそうよ」

熱くなる領民をレオーネは苦笑しながらなだめる。そして地面に突き刺さったままになっていた剣を抜くと、丁寧に泥を落として鞘《さや》に収めた。

騒ぎが落ち着いたので、ほとんどの領民はいい見世物を堪能したとばかりに、笑顔で仕事に戻っていく。だが子供たちは興味津々《きょうみしんしん》の様子で、レオーネの前に集まってきた。

「レオーネ様に求婚しにくるひとも、これで何人目でしたっけ？　十人目？」

比較的年長の少女の問いかけに、レオーネは肩をすくめる。

「そうねぇ、さっきのひとで……たぶん、十三人目かしら？」

「全員、ひょろっとしてましたよねぇ。あんな、なよなよした色白の男なんか、レオーネ様にふさわしくないですよっ」

一人の少女がそう言うと、周りの子供たちも「うんうん」と同意してくる。

「レオーネ様、結婚なんかしないで、ずっとここで暮らせばいいじゃないですか！　あたしたち、大好きなレオーネ様が都に行っちゃうのはいやだもの。ずっと一緒にいたいです！」

「ありがとう。わたしも、できればそうしたいんだけどね」

レオーネは無邪気な子供たちににっこり笑って、のんびり草を食《は》んでいる愛馬を指笛で呼んだ。


——レオーネ・フィディオロス、今年で十八歳。

グリスフィン王国の北に広がる、炭鉱を有する山脈地帯——そこを領地とする、フィディオロス伯爵の娘である。

領主である父フィディオロス伯爵は、優秀な騎士として名を馳《は》せる人物で、現在は王国の将軍職にある。王都住まいの兄弟によると、父は各地へ遠征に出たり要人の警護をしたりと、かなり忙しく働いているようだ。おかげで領地に帰ってくることは滅多にない。

そのため領地の運営や管理は、後継ぎである長男のゴートに託されていた。

レオーネには、ゴートを始めとする三人の兄と、二人の弟がいた。

父親が将軍職にあり、炭鉱夫を多く抱える国境の領地に生まれたことから、五人の兄弟たちは子供の頃から、騎士となり国を護るために働くのが当然、という考えを持っていた。

幸いにも父親の資質を色濃く受け継いだ兄弟たちは、全員武術に長《た》けており、十歳を過ぎる頃には王都にある騎士養成所に入り、王国騎士となる道を歩んでいる。

すでにレオーネの三人の兄たちは、全員が騎士の称号を持っていた。

長男のゴートは領地に戻ってきたが、次男と三男は王国騎士として王都で働いている。

二人の弟たちも今は養成所で騎士となるべく頑張っていて、それなりにいい成績を収めているらしい。

伯爵家唯一の女児として生まれたレオーネだけが、生まれてからずっと領地で暮らしている。

末の弟が産まれてすぐ、母が病で亡くなったため、今は兄ゴートの妻を支えながら、領主夫人が担うべき仕事を手伝っていた。

だが、レオーネが亡き母や義姉《あね》のようにおしとやかかと言えば、完全に『否』だ。

兄弟たちが騎士修業に励《はげ》むように、レオーネもまた腕に磨きをかけていった。

兄弟たちも「女の子がそんなことをするな」とは言わず、むしろ「国境で暮らすからには最低限の心得は必要だな！」と、妹を容赦《ようしゃ》なく鍛《きた》え上げたくらいである。

兄たちが王都へ行ったあとも、休むことなく国境を護る騎士たちと稽古を続けたことで、気づけばレオーネは、そんじょそこらの騎士よりよほど腕利きとなっていた。

とはいえ、レオーネももう十八歳。

貴族の娘ならすでに結婚しているか、結婚はまだでも婚約はしているという年齢である。

しかしレオーネは、婚約者どころか王都での社交界デビューすらしないまま年を重ねてしまっていた。

（今更、社交界デビューをしたいとは思わないけど、結婚は考えたほうがいいのかしらねぇ……？）

すでに行き遅れに片足を突っ込んでいる自覚があるだけに、ポコポコ歩く愛馬の上で、レオーネは「うーん」と首を傾《かし》げた。

幸い、王都暮らしの父からは「結婚しろ」とせっつかれることはまったくない。常にあちこち飛び回っている父のことだから、娘の年齢を思い出す暇もないのかもしれないが。

（でも最近になって、急に求婚者を名乗る男性が現れるようになったのよねぇ……）

レオーネとしては、もし結婚するなら、せめて自分より腕の立つひとに嫁ぎたいと思っている。

生まれてこの方、周囲にいるのは筋骨隆々《きんこつりゅうりゅう》の男ばかりだったというのもあるが、ひょろっとした体型の男性を見ると、異性として見る前に「病気なのか？」と心配になってしまうのだ。

なのに、求婚者を名乗る男性たちは、揃いも揃って王都暮らしの『ひょろっとした』若者ばかり。

――求婚者が増えた原因はおそらく、二ケ月ほど前、長期休暇で里帰りしてきた弟たちにあるのだろうと、レオーネは考えていた。

領地にいるあいだ、レオーネが弟たちに稽古をつけてやっていたのだが、どうやら彼らはレオーネの剣の腕に感銘を受けたらしい。帰り際「姉さんの強さを友達に自慢するよ！」と、言っていた。

お喋《しゃべ》りな弟たちのことだから、きっとレオーネについて、あることないこと吹聴《ふいちょう》したに違いない。そして話を聞きつけ興味を持った王都の若者が、物見遊山《ものみゆさん》を兼ねて求婚しにきているのではないだろうか。

（王国の将軍職にあるフィディオロス伯爵の娘と、お近づきになりたいと思うひとが少なからずいるのかもしれないわね）

そうした相手に対し、レオーネは『自分より強い相手と結婚したい』という希望に則《のっと》り、正々堂々と勝負をお願いしてきた。

レオーネは一見ほっそりしていて、上背《うわぜい》もさほどあるわけではない。

求婚者たちは『所詮は女の手習い程度』と高《たか》を括《くく》って勝負を受けるが、レオーネが見た目に反し強烈な一撃を繰り出すと、負け惜しみを言って一目散に逃げ出していった。

そして、先ほどの求婚者の捨て台詞《ぜりふ》――『フィディオロス将軍の娘は、野蛮で礼儀知らずのじゃじゃ馬』――を思い出すに、どうやらそうやって逃げ帰った若者たちが、今度はレオーネの悪口を言いふらして回っているようだ。

それがよけいに、噂の令嬢をこの目で見たいという物好きを生んでいるのだろう。

自分のあずかり知らぬところで好き勝手に言われるようになるとは。レオーネにとっては、はた迷惑もいいところである。

（じゃじゃ馬だとわかっているなら、最初から求婚なんてしにこなければいいのに。……あ、でも、怖いもの見たさで逆に確かめたくなるものなのかしら？）

だとしたら、都の男って暇なのねぇ……と、ため息をつくしかない。

なんにせよ、そんな理由でこれからも求婚者が増えるようでは少々困る。

今日も畑にイノシシが出たと聞いて、現場に向かうために馬を走らせていたのだ。なのに求婚者のおかげで一時間近くも無駄に足止めされてしまった。

「いっそ誰とも結婚しないと、宣言すればいいのかもね。あなたはどう思う？」

愛馬の首筋をポンポン叩きながら問いかけると、賢い彼はぶるるっと鼻を鳴らしてくる。「いいんじゃない？」と言われているようで、レオーネは自然と笑顔になった。

（考えてみれば妙案かも。お兄様たちも『妹が軟弱な男に嫁ぐなど許せん！』という考えだし、領民も結婚しないで領地にいていいって言ってくれるし）

「それか、わたしも王国騎士を目指すというのもありね。ゴートお兄様みたいに配属先を領地にしてもらえば、これまで通り……いえ、もっと本格的に国境警備の手伝いができるようになるでしょうし」

声に出すと、とてもいい考えに思えてきた。

生まれ育ったこの土地を離れてまで、好きでもない相手に嫁ぎたいとは思わない。

「相手が好きなひとなら、また違うかもしれないけど、ね……」

そう呟くレオーネの脳裏に、昔会った一人の青年の面影《おもかげ》がよみがえる。

青年と言っても、当時の彼は今のレオーネより年下だった。ただ、その身分と立場ゆえか、とても大人びていて立派だった印象が強い。

当時のことを思い出し一人微笑んでいると、前方から土ぼこりを巻き上げ、軽快に走ってくる馬の姿が見えた。

栗毛の立派な馬の背には、王国騎士団の青いマントと、銀の甲冑《かっちゅう》を着た騎士が乗っている。

目をこらしたレオーネは、次の瞬間、大きく目を見開いた。

「おーい！　レオーネ、久しぶりだなぁ！」

騎士のほうもレオーネに気づいたらしく、大きく手を振って声をかけてくる。

よく知る声に、レオーネは「やっぱり！」と笑顔になった。

「セルダムお兄様！　お帰りなさい！」

二人揃って領主館に戻り、それぞれ湯浴みをして楽な格好に着替える。

仕立てこそ絹だが、貴族の少年が着るようなシャツにベスト、そして広がりの少ないくるぶし丈のスカートを穿いて現れた妹を見て、次兄セルダムは遠慮なくゲラゲラ笑った。

「相変わらずだな、レオーネ！　格好はアレだが、しばらく見ないうちにまた母さんに似てきたみたいだ」

「余計なお世話です。でもどうしたの？　セルダムお兄様が領地まで戻ってくるなんて。ゴートお兄様になにか用があったの？」

長兄のゴートは平時は国境警備に当たっているので、領主館に帰ってくるのは二日に一度くらいだ。

「いや、今回はおまえに用があってきた。兄上には、先に手紙を出して子細《しさい》を説明してあるし、父上も了承済みだ」

「わたしに？　いったいなんの用？」

廊下で顔を合わせるなり、さっそく立ち話を始めた兄妹に、老齢の家令が「お話は、お茶を飲みながらでも」と声をかけてくる。

幼い頃から世話になっている家令に居間へ導かれるあいだも、二人は離れている時間を埋めるべく、ひたすら話していた。

「実はおまえを王都に連れて行くことになったんだ。その様子じゃ、ドレスなんか持ってなさそうだな。向こうに行ったらすぐにあつらえないと」

「王都へ？　それにドレスって……まさかお兄様、わたしを社交界デビューでもさせるつもり？」

ちょうど王都は、社交期と呼ばれる華やかな季節だ。

王侯貴族が連日パーティーや舞踏会を催《もよお》し、社交に励《はげ》む時期である。多くの貴族はこの時期に合わせて領地から王都へ移動するのだ。

ずっと領地住まいの自分に、まさかそんなことはさせないだろうと冗談めかして尋ねるが、なんと次兄は「その通りだ」と頷いた。

「ええっ、どうして？　これまで一度も社交界デビューの話なんてしなかったのに」

目を丸くするレオーネに、次兄は「まぁ落ち着け」とお茶を勧めた。

「本来の目的は、デビューとは違うんだ。実は近々、国王陛下のお妃選びが行《おこな》われることになった」

「国王陛下のお妃？」

レオーネは思わずドキッとしてしまう。

「そうだ。半年前に新しい陛下が即位なさったのは知っているよな？」

「それは、もちろん」

辺境とはいえ、この国に住んでいる者なら誰もが知っている。

新たに玉座に就いたギルバート陛下は御年二十三歳。

幼い頃から神童と呼ばれ、博識で頭が切れると評判のお方だ。

一年前に前王であるギルバート様のお父上が崩御《ほうぎょ》され、半年の服喪期間を経て、無事に戴冠式をすませられたと聞いている。

「即位前後の儀式なんかもようやく落ち着いたし、ここいらで陛下の妃を正式に決めようって話になったらしくてな」

「それはわかるけど……国王陛下のお妃って、普通は侯爵家以上のご令嬢の中から選ばれるものじゃなかったかしら？」

フィディオロス家の爵位は伯爵だ。父が王国の将軍であるため、ほかの伯爵家よりは上位に位置するが、それでも公爵家や侯爵家に比べれば格下である。

「通例ではそうなんだが、該当する令嬢たちが陛下のお気に召さなかったらしくてな。これまでも見合いや婚約者選びは内々で行《おこな》われてきたらしいが、いずれも陛下が首を縦に振らなかったということだ。最終的に『貴族の娘であれば誰でもいい』って話になったらしい」

誰でもいいなんて、なんとも適当な。

そこで不意に、レオーネの頭にある考えが浮かんで「まさか」と目を見開いた。

「お兄様、そのお妃選びにわたしを参加させようと考えているんじゃ――」

「その通り！　さすが我が妹だ、話が早くて助かる！」

身を乗り出してきたセルダムにぎゅっと抱きしめられて、ムキムキの胸筋と二の腕に挟まれたレオーネは「ちょっ、痛い！」と兄を押しやった。

「というか、嘘でしょう？　自分で言うのもなんだけど、田舎《いなか》育ちで令嬢の『れ』の字も感じられない生活をしているこのわたしが！　陛下のお妃選びに参加するなんて！」

なにかの間違いとしか思えないのだが。

「さっきも言っただろう、貴族の娘なら誰でもいいってことになったって。つまり、公爵家と侯爵家を除外した、伯爵家以下の貴族の娘は全員お妃選びの対象なんだ」

「ああ、家格で選ばれたってことね」

「そうだ。それで、今度その対象者全員を王城に集めて舞踏会を催《もよお》すんだと」

ということは、その舞踏会でお妃候補が選ばれることになるのだろう。

「で、せっかく舞踏会に出るんなら、ついでに社交界デビューをして、今年の夏は王都で過ごせばいいと思ってさ。たまには、領地以外の場所で過ごすのも悪くないと思わないか？」

十年近く領地を離れているセルダムは、身を乗り出してそう勧めてきた。

「そうはいっても、わたしには遠くから嫁いでこられたお義姉《ねえ》様を補佐する役目もあるし」

「それはゴート兄上から『心配するな』と返事をいただいた。確かに義姉《あね》上は遠方から嫁がれた方だが、もう結婚三年目。そろそろ補佐がなくても大丈夫な頃合いだろうと兄上は判断された。むしろこれを機に、自分も家に戻るようにしようと言っていたぞ」

「ああ、それはいいことだわ。お兄様が仕事ばかりであまり家に帰ってこないことを、お義姉《ねえ》様はずっと残念がっていらしたから」

レオーネはほっと安堵すると同時に、自分がここにいては兄夫婦の邪魔になってしまうな、と気づいてすぐ苦笑いを浮かべた。

「どうせお妃に選ばれることなんてないんだから、おまえも物見遊山《ものみゆさん》のつもりで王都を楽しみつつ、一夏のんびり過ごせばいいじゃないか」

「物見遊山《ものみゆさん》ね……」

レオーネは腕組みして考え込む。

(そうかぁ、陛下はとうとうお妃様を娶《めと》られるのね……)

再びレオーネの脳裏に、昔会った青年の姿が浮かんできた。

その青年こそ、国王ギルバート陛下、そのひとなのだった。

もうずいぶん昔になるが、当時王太子だったギルバート様は、国内の視察のためにフィディオロス領を訪れたことがあった。この領主館に滞在し、鉱山を見学したり、兄たちとともに剣術の練習をしたりしながら数日を過ごされたのだ。

その滞在中、レオーネも少し言葉を交わす機会があった。

伯爵令嬢とはいえ、ほとんど領民と変わらぬ暮らしをしていたレオーネにとって、王太子であったギルバートはまさに雲の上のひとだった。

あのとき彼と交わした会話は、今もレオーネの心の糧《かて》となっている。

もうお目にかかることはないと思っていたけど……まさか自分が、彼のお妃様を選ぶ舞踏会に参加することになるとは。

(思いがけないことって起きるものね)

とはいえ、自分のような田舎娘《いなか》が、数いる令嬢の中から選ばれることはまずないだろう。

(でも、遠目にギルバート様のお姿を拝見できるかもしれない！　あの当時も素敵だったけど、きっと即位した今はもっと素敵になっているんだろうなぁ)

立派な姿を想像し、思わずレオーネの口元が緩む。

セルダムは、そんな妹の表情に「おまえもやっぱり王都に行ってみたかったんだなぁ。わかるよ。一度は都会を見てみたいよな」と訳知り顔で頷いていた。

「ねぇ、セルダムお兄様は、陛下と間近でお会いしたことはあるの？」

「そりゃあな。といっても、おれは近衛兵《このえ》じゃないから、陛下が軍を視察されるときにすれ違う程度だが。ああでも、王国騎士は叙任の際、陛下から剣を授かるしきたりがあるから、おれもそのときは間近で拝謁《はいえつ》することができたぞ？」

どうだ、うらやましいだろう、と鼻を鳴らすセルダムに、レオーネはぱあぁっと顔を輝かせた。

(王国騎士になれば、陛下に拝謁《はいえつ》して剣を授かることができる！)

思わずその光景を想像してしまって、レオーネの胸は一気に高鳴った。

尊敬するギルバート様から直々《じきじき》に剣を手渡していただける……なんて素晴らしく名誉なこと！

(――決めた！　わたしも王国騎士になるわ！)

陛下のお妃様になろうなんて夢みたいなことを考えるより、そちらのほうがよほど現実的で実現可能だ。レオーネは高鳴る気持ちそのままに即決した。

かくなる上は父か兄に頼んで、王都で行《おこな》われている騎士の試験に参加できるようにしてもらおう。

(そして騎士になれた暁《あかつき》には、王都でもフィディオロス領でも……いいえ、配属された先がどこであろうと、陛下の統治する国を護るために、この命を捧げて戦うのよ!)

求婚者たちへの対応に悩んでいたのがもはや過去のことのようだ。レオーネは拳《こぶし》を握って意気込んだ。

「お兄様、さっそく都へ出発しましょう!」

「おお、そうかそうか! 都会はいいぞぉ! 料理は美味《うま》いし、娯楽も多い! おまえもきっと楽しめるはずだ!」

瞳をキラキラと輝かせる妹を満足げに見つめ、セルダムも笑顔で立ち上がる。

——そして行動力に溢《あふ》れた二人は、あっという間に旅支度を調えて、翌朝には王都に向けて領地を出発したのだった。

＊　　＊

当座の着替えと旅費だけ持って馬を走らせたので、レオーネたちは馬車で行くよりずいぶん早く王都に到着した。

フィディオロス領から王都へ向かう道すがら、領地にはない大きな建物や大規模な市場を見るたびにあんぐりと口を開けていたレオーネだが、王都のすごさは桁違いだった。

まず、街に入るための巨大な門に舌を巻き、すべての道が石や煉瓦《れんが》で舗装されているのに仰天する。そして、領地では絶対に見ない洒落《しゃれ》た店が軒《のき》を連ねている様子に目を輝かせた。

なにより驚いたのは、道を行き交うひとの多さだ。往来をびっしり埋め尽くす人々はいずれも早足で、そんな彼らを呼び止めようとする呼び子の声も大きい。

見るものすべてが珍しく目を回しそうだったので、屋敷に到着したときは心からほっとした。

王都にあるフィディオロス伯爵の屋敷は、一等地から少し外れた場所にあるが、それでも充分大きい。内装は領地の館と同じですっきりしているが、使用人が倍いたのには驚いた。

「よう、きたなレオーネ！　しばらく見ないうちにすっかり娘らしくなったもんだ！」

馬を世話係に預けたあと、セルダムとともに使用人たちに出迎えられたレオーネは、奥から聞こえてきた懐《なつ》かしい声に、思わず「あっ」と声を上げた。

「――お父様！　お久しぶりでございます！」

獅子の鬣《たてがみ》のような金髪に熊もかくやという巨体の男は、駆け寄ったレオーネをぎゅうっと抱きしめた。

「本当に久しぶりだ、我が娘よ！　セルダムも、フィディオロスまでご苦労だったな」

「本当に骨が折れましたよ。なにせレオーネときたら、街に着くたび、子供みたいにきゃいきゃいはしゃぐもので」

「そんなことはしていません」

レオーネは遠慮なく次兄の鳩尾《みぞおち》に肘を打ち込んだ。鋭い一撃に「うっ」とうめくセルダムを見たフィディオロス将軍はがっはっはっと豪快に笑う。

「なかなか筋がいい打ち込みだな、レオーネ！　どれ、久々に剣の稽古でもつけてやるか！」

「まあ！　お父様、本当に？　嬉しいわ。わたし、これでもずいぶん腕を上げたのだから！」

さっそく目をキラキラさせて語り合う父娘に、セルダムが「待て待て」と割って入る。

「レオーネ、おまえは、お妃選びの舞踏会に参加するためにきたんだろうが。父上に本気で稽古をつけられたら、腕の一本や二本あっさり折られるぞ」

「なにを言うかセルダム！　母親そっくりの美人に育った愛娘に、そんな恐ろしいことをするわけがないだろう！」

「最初はそう言っていても、すぐ本気になるのが親父《おやじ》だから……」

「なにか言ったか？」

低い声で凄む父に、次兄は「いえなんでもないです」と目を逸《そ》らす。二人の気の置けない会話を聞いていたレオーネは、声を上げて笑ってしまった。

「到着したばかりで疲れているだろう。レオーネの部屋は二階に用意してある。湯でも使ってさっぱりするといい。今回のためにメイドも何人か雇っておいたからな」

「ありがとう、お父様」

レオーネはさっそく二階へ上がり、南向きの一室に入る。そこにはレオーネよりいくらか年上のメイドが三人待っており、すでに浴室の用意を整えてくれていた。

「お嬢様がこちらに滞在中、誠心誠意お世話させていただきます」

そう挨拶《あいさつ》した三人は、さっそく旅で汚れたレオーネの全身を洗い上げ、肌や髪へ丁寧に香油を擦り込み始めた。全身のマッサージだけでなく、顔にパックを施《ほどこ》され、浴室を出たあとは爪にヤスリをかけられる。

「さ、さすがにちょっと、あれこれやりすぎなんじゃ……」

「なにをおっしゃいますか！　国王様のお妃候補を集めた舞踏会に出席されるのですから、当日までにできる限りのことをしておかなければ！」

「大丈夫です、お嬢様のお顔立ちは大変整っておられますし、お化粧をすれば、さらに大人っぽい雰囲気になりますわ。大船に乗ったつもりでいてくださいまし！」

「はぁ、それはどうも……」

とても物見遊山《ものみゆさん》で王都にきたとは言えない雰囲気である。

目を輝かせて奮闘するメイドたちの熱意に水を差すのも悪いので、レオーネは黙ってされるままになっていた。

そうして気づけば、もう夕食の時間だ。久々に会う家族との食事ということで、父は料理長に晩《ばん》餐《さん》の支度を命じたらしい。レオーネはそれにふさわしく、普段はあまり身につけることのないドレスに袖《そで》を通した。

デコルテの広く開いたデザインの服は、首元がスースーして落ち着かない。

しかしメイドたちは「お美しいです！」と絶賛してくれた。階下に降りていくと、先に待っていた父と兄があんぐりと口を開けて驚いた顔をする。

「なによ。二人して鳩《はと》が豆鉄砲《まめでっぽう》を食らったような顔をして」

わざと頬を膨らませると、二人の男はハッと我に返った様子で、慌てて弁解してきた。

「わ、悪かった。別に変だと思ったわけじゃないぞ。むしろ想像以上に美しくなっていたから驚いたんだ」

セルダムがそう言うと、隣で父もうんうんと頷く。

「死んだ母さんの若い頃にそっくりだ。セルダムの言う通り、見とれるほど美しいぞ、レオーネ」

真顔で父に褒《ほ》められて、レオーネもようやく笑顔になる。

(よかったわ。着慣れないドレス姿でも、それなりに見えているのなら)

「うむ、本当に見違えた。これなら案外、陛下の目に留まるかもしれんなぁ」

「ふふ、お父様ったら。でも、お世辞でもそう言ってもらえて嬉しいわ。ありがとう」

そう言ってレオーネは、にこっと令嬢らしく微笑んだ。

それから三人連れ立って、食堂へと入っていく。

とっておきのワインが開けられ、席に着いた三人は笑顔で乾杯した。ほどなく、料理長の心づくしの料理がテーブルに並んでいく。

山岳地帯の領地では味わえない海産物が豊富に出てきて、レオーネは思わず歓声を上げた。

普段とは違う美しい盛り付けや、凝《こ》ったソースにも感動しながら、終始笑顔で料理に舌鼓《したつづみ》を打つ。

そうして食事を楽しみながら、三人はそれぞれの近況を語り合った。ここ五年ほど領地に帰っていない父は、長男が領地をよく治めていることにいたく満足した様子だ。

「そうか。ゴートもみんなも元気でよかった。ここ数年、北に行く機会がほとんどなかったから、そろそろ陛下に休暇を願い出てもいいかもなぁ」

「是非そうなさって、お父様。領地のみんなはゴートお兄様を慕っているけど、やっぱり領主はお父様なのだから、たまには顔を見せてあげないと忘れられちゃうわ」

「はっはっはっ、そうだな！」

うんうんと嬉しげに頷く父に対し、「おれは都会のほうが合っているなぁ」と苦笑いしたのはセルダムだ。

「おれはこのまま王国軍の騎士として王都勤務を続けたいな。都会はいいだろ、レオーネ？　目に映るもの、なにもかもが新鮮だ。おまえもこっちに住めよ」

「うーん、都会の良さはまだわからないけれど……、わたしもしばらく、こっちにいたいと考えていたの」

　切り出すなら今かもしれない。

　ナプキンで口元を拭いたレオーネは、初めて父や兄に自分の将来の希望を口にした。

「わたし、どこかに嫁ぐくらいなら、王国騎士になって、フィディオロス領の国境警備隊に配属してもらいたいと思ってるの」

「ええっ、おまえ、そんなことを考えていたのか？」

　セルダムが「冗談だろう？」とでも言いたげに身を乗り出す。それに対して、父は重々しく頷いていた。

「なるほど、そう考えていたのか。まっ、レオーネの腕なら入団試験は充分に合格できるだろう。正式に王国騎士になれるかどうかは入団後の努力次第だが、やってみればいいんじゃないか？　何事も強い気持ちさえあれば、どうにかなるもんだ！」

「えぇっ？　本気で言っていますか、父上？」

　セルダムはぎょっと目を剥《む》いたが、父将軍は「当然だ」と堂々と頷く。

　話のわかる父に感動して、席を立ったレオーネは父にぎゅっと抱きつきに行った。

「ありがとう、お父様！　お父様の名に恥じないように精一杯頑張るわ」

「うむ！　とはいえ、まずはお妃候補の舞踏会があるがな。それが終わってからセルダムに手続きを頼め。わたしは明日には任地に発《た》たないといけないから」

頷いた。

「え、お父様、また地方にいらっしゃるの？」

娘に抱きつかれて心なしか鼻の下を伸ばしていた父は、将軍らしいキリッとした顔つきに戻って

「ああ。今度は南方の国境警備隊との合同演習だ。不法入国の多いフィディオロス領と違って、南のほうは比較的平和だから、定期的に視察や演習に行かないとすぐに兵が怠《なま》けやがる」

「そう。もうちょっと一緒にいられるかと思っていたけれど」

残念だわ、と肩を落とすレオーネに、将軍は「がっはっはっ」と笑った。

「安心しろ、おまえが騎士になる頃には帰ってくるよ。おまえの腕なら、入団して半年もすれば陛下から剣を授かれるはずだ」

まさにその瞬間を夢見ているだけに、レオーネは落ち込んだ気持ちを少しだけ浮上させた。

その後も三人の会話は尽きることなく、お開きになる頃にはすっかり遅い時間になっていた。

自室に戻ってドレスを脱ぎ、化粧を落としてもらってから、軽く顔と足だけ洗って夜着に着替える。ここまでの長旅と少し飲み過ぎたワインの効果もあって、レオーネは寝台に入るとすぐに眠ってしまった。

翌日、早朝に出発するという父を見送ったレオーネは、ゆっくり朝食を食べてから、セルダムに連れられて仕立屋へと足を運んだ。

王都の中でも一等地に近い地域は、道も広く建物の雰囲気からしてとてもお洒落《しゃれ》だ。その中でもひときわ派手な看板が立てられた店に案内される。兄に続き恐る恐る中に入ったレオーネは、すぐさま売り子の女性たちに囲まれ、あれよあれよと奥の応接間へ通された。

「いらっしゃいませ！　お待ちしておりましたわ、セルダム様。そちらが妹様ですのね？　お伺いしていた通り、とても可愛らしいお嬢様ですこと！」

「はぁ、どうも……」

売り子の勢いに押されぎみのレオーネだが、セルダムは慣れているのか「だろう？　あ、コーヒー二つね」とにこにこと注文をしている。仕立屋なのに飲み物が注文できるなんて、とレオーネは目を丸くするばかりだ。

やがてここのオーナーという品のいいマダムがやってきた。

「ようこそおいでくださいました、お二方。本日はご予約ありがとうございます。お嬢様の舞踏会用のドレスをご所望ですか」

「ああ。それと普段使いのドレスも何着か頼みたい。小物や靴なんかも一緒に」

「承知いたしました。ではお嬢様は奥の部屋へお願いいたします」

レオーネは部屋を出る前に、ついセルダムにじとっとした視線を送ってしまった。

「お兄様、やけに手慣れているわね。もしかして、どなたかに注《つ》ぎ込んでいるなんてことは……」

「おいおい、いくら妹でもひとの恋路をあれこれ詮索《せんさく》するのはよくないぞ。ほら、早く行ってこい」

犬を追い払うようにしっしっとやられて、レオーネはため息をついて立ち上がる。部屋を出る寸前に振り返ると、売り子の女の子たちがセルダムに近寄っていき、それを兄が鼻の下を伸ばして迎えているのを見て、思わず音を立てて扉を閉めてしまった。

（もおおお、お兄様ったら。王都暮らしが楽しいんじゃなくて、女の子と遊ぶのが楽しいんじゃないの!?）

女性関係において硬派なお父様やゴートお兄様とは、正反対だわ……と思いながら、マダムに続いて個室に入る。

そこでレオーネは抵抗する間もなく、着ていたものを下着以外すべて脱がされ、あちこち採寸されることになった。

「お嬢様も、国王陛下のお妃選びに出席されると聞いております。となると舞踏会用のドレスは最低でも三着。デイ・ドレスも五着は必要になりますわね。でも、ご安心ください、王都一を自負する当店の名にかけて、必ずや間に合わせてみせますわ」

「えっ、どうしてそんなにドレスが必要なんですか？　舞踏会に出席するだけなんじゃ……」

思わず聞き返したレオーネに、マダムが驚いた様子で目をぱちくりした。

「まぁ、今回のお妃選びには国中の令嬢が集まります。とうてい一度の舞踏会で選考などできませんわ。初日に歓迎の舞踏会が開かれたあとは、候補者はしばらく城に滞在して、礼儀作法や教養に関する試験が行《おこな》われると聞いています。なのでドレスも最低それくらい用意するよう、通達があったそうなのですけど」

「えぇぇえ……っ⁉　聞いていないわ」

思わず頭を抱えるレオーネに、マダムは「あらぁ」と頬に手をやりつつ巧みに話を聞き出していく。

「まぁまぁ、領地からいらっしゃったのですか。となると、セルダム様はその情報を得る前に、お嬢様を迎えに出られたのでしょうね。かく言うわたしどもも、これだけのドレスが必要というのは、顧客の子爵令嬢にちょっと前に教えていただいたばかりですの」

なるほど、そういう事情なら仕方がない。……が、セルダムのことだ、お妃選びがあると聞いて、肝心のことを聞かずにさっさと馬を走らせた可能性もなきにしもあらずである。

それに関してはあとでたっぷり問い詰めるとして……とにかくドレスを作らなければ話にならない。マダムは最新のカタログや見本のドレスが並ぶ部屋にレオーネを案内し、どんな色やデザインが好みか、取り入れたい流行はあるかなど事細かに質問していく。

レオーネが求めるのはただ一点『動きやすいこと』だけだ。

少し話しただけで、レオーネが流行に疎《うと》くドレスにも興味がないことがわかったのだろう。マダムは「お似合いになるものをこちらでご用意させていただきます」と早々に宣言した。

ドレスはできあがった順に屋敷に届けてくれるというので、ありがたくそれを待つことにする。

舞踏会当日まで間があるし、それまでは少しゆっくりできるだろうと思っていたレオーネだったが……。

「さぁ、レオーネ様！　本日は理容師を呼びましたので、髪を整えましょう！」

「そのあとは、昨日とは違うオイルを全身に塗り込みましょうね！　こちらは王都で一番人気の化粧品店の新作なんですよ！」

「昨日は爪を磨くだけでしたが、今日は染めてみましょうか！」

屋敷に帰るなりメイドたちに捕まり、レオーネは再び美容の餌食《えじき》にされてしまった。

さらにはセルダムが「王城に上がるのに不備があったら大変だから」という理由で、家庭教師まで呼び寄せてきた。

厳しい淑女教育に定評のある家庭教師は、朝から晩までみっちりレオーネを指導した。

勉強面は、優秀な兄ゴートが幼い頃から見てくれていたこともあって、すぐに及第点をもらえた。

しかし、淑女らしい立ち居振る舞いに関してはそうはいかず、歩幅が大きすぎるだとか、食べるときはそんなに口を開けないとか、ちょっとでも気を抜くとすかさず注意が飛んでくる。

雨あられと降り注《そそ》ぐ教師の注意と、暇さえあれば美容術を施《ほどこ》すメイドのおかげで、羽を伸ばすどころか、レオーネは人生でもっとも窮屈《きゅうくつ》で大変な期間を送ることになったのだった。

(剣の稽古を止められなかったのは不幸中の幸いね……。そうじゃなかったら、ストレスのあまり逃げ出していたかもしれないわ)

——そして、いよいよ王城へ向かう日の夕方。

これでもかと締められたコルセットの影響で、すっかり細くなったお腹回りを苦しく思いつつ、レオーネは馬車に乗り込んだ。

「行ってらっしゃいませ、お嬢様！」

メイドはもちろん、使用人が一堂に並び、盛大に送り出される。

世話をしてくれた彼らともしばらくはお別れかと思うと、ほんの少しさみしさが湧いてきて、レオーネは大きく手を振って屋敷をあとにしたのであった。

「メイドと教師のおかげだな、レオーネ！　今日のおまえからは、洗練された令嬢の雰囲気が漂《ただよ》っているぞ！」

屋敷がすっかり見えなくなる頃。馬車の向かいの席に座ったセルダムがにこにこと声をかけてくる。

窓を閉めたレオーネは、思わずじとっと目を据わらせてしまった。

「お兄様ったら、適当なことを言って……。家庭教師まで呼ぶ必要はなかったわよ。その気になれば、わたしだってお嬢様っぽく振る舞うことくらいできるのにっ」

「そうは言っても、陛下の前で粗相《そそう》があったら困るじゃないか」

しれっと言い切るセルダムは、教師に注意されるレオーネを盗み見ては笑い転げていた。この恨みは、父と兄に「セルダムお兄様は王都で女遊びをしています」と手紙に書くことで晴らすとしよう。レオーネは密かにそう誓った。

とはいえ、セルダムが女性受けするのもわかる気がする。

レオーネの付き添いとして同行するセルダムは、王国騎士の礼装である紺色の騎士服に身を包んでいた。それにより優しげな面立《おもだ》ちがキリッとして、いかにも女性が好みそうな爽《さわ》やかな騎士という印象になっている。

「ふふん？　おれに見とれているのか？　だが今日のおまえも、王宮に出入りする公爵家や侯爵家のお嬢様方と変わらない美しさだぞ。デビュタントの白のドレスもよく似合っている」

マダムの手がけたドレスは、とても素敵に仕上がってきた。

だいぶ遅い社交界デビューということもあり、可愛らしさよりすっきりとした美しさを前面に出すデザインにしてくれたらしい。

フリルやレースといった装飾を控え、そのぶん細かい刺繍《ししゅう》が広く開いた胸元と、大きく膨らませたスカートの裾《すそ》に施《ほどこ》されている。

光沢《こうたく》のある白い生地《きじ》に、銀糸を用いて施《ほどこ》された刺繍《ししゅう》は、動くたびにキラキラと光ってとても美しい。短期間でよく仕上げたものだと、初めて見たときは感動したものだ。

それに、動きやすいほうがいいというレオーネの希望にも可能な限り応《こた》えてくれたようだった。

「ありがとう、お兄様。それにしても……王都は夜も明るいのねぇ。明かりがあちこちにあるなんて、やっぱり都会はすごいわ」

馬車の窓に掛かるカーテンをそっと開けて外を見つめたレオーネは、等間隔に並ぶ街灯を見てほぅっとため息をつく。夕方だというのに、ほとんどの店がまだ明るく、むしろこれから開けるという店舗も多く見られた。

「領地は朝が早いけれど、そのぶん夜も早いから。それに、炭鉱夫は何日も地下に潜《もぐ》ることがあるから、街も静かなのよねぇ。こういう街灯みたいな明かりが、炭鉱の中でも使えたら便利なんだけど」

「そりゃあ無理だろう。このあたりの街灯はすべてガス灯だ。炭鉱で扱うには危険すぎる。というか、これから王城に上がるっていうのに、よく領地の心配なんてしてられるな」

「ずっとそうやって生活してきたのだもの。せっかく王都にきたんだから、役に立つ技術の一つでも持って帰らないと」

「たくましいな、本当に」

レオーネの考えに、セルダムは感心したようなあきれたような顔をした。

「だが、そのたくましさがあれば舞踏会も乗り切れるだろう。そろそろ街を抜けるぞ」

王都の一等地を抜けると、ただただ広い道が続く。その両脇には高い壁がそびえていて、なんとも威圧的な雰囲気だ。

ほどなく馬車は堅牢《けんろう》な門を抜け、いよいよ王城が近づいてきた。

これまで遠目に見ていた王城を近くで見ると、壮観の一言だ。

どんなに首を反《そ》らしても、一番高い尖塔を見ることができない。同じように首を左右に巡《めぐ》らせても、城の端がわからなかった。

おまけに夜だというのに、多くの窓から明かりが漏れているのが見える。舞踏会のためにそうしているのか、いつでもこうなのかわからないが、一晩でいったい何本の蝋燭《ろうそく》を消費するのだろうと考えるだけでめまいがした。

やがて馬車は正面入口の馬車寄せに入っていく。

そこにはすでに多くの馬車がひしめいていて、玄関に続く道には、きらびやかに着飾った令嬢たちと付き添いの者たちが、これでもかと溢《あふ》れ返っていた。

「どの子もとてもお洒落《しゃれ》で可愛いわ……。お兄様、わたし、おかしなところはないかしら？」

今更ながら心配になってきて、レオーネは自身の装《よそお》いを見下ろす。セルダムは軽快に笑った。

「大丈夫だって。王都住まいのおれの言うことを信じろ。それに、あの家庭教師の厳しい説教やらお小言に比べたら、舞踏会なんて楽勝だろう？」

肩をすくめながらなんでもないことのように言われて、レオーネもほっと力を抜く。

「そうね……。あの先生より怖いひとなんて、そういないでしょうし」

「そうそう。せっかくの舞踏会なんだから、楽しんでやろうくらいの気持ちでいろよ」

レオーネはしっかり頷く。完全に緊張が拭《ぬぐ》えたわけではないが、少し気が楽になった。

しばらくして二人の乗る馬車が停まり、御者が扉を開けてくれる。

いつものように一人で降りようとしたレオーネを止めて、セルダムが先にひらりと下車する。そしてレオーネに手を差し伸べてきた。

「エスコートいたしますよ、お嬢様」

レオーネは驚きに目を丸くしたが、自分は国王陛下のお妃選びにやってきたのだと思い出して、気持ちを引き締める。

兄が相手だと気安い言動をしてしまいがちだが、きちんとお妃候補の自覚を持って、ここでは慎重に、令嬢らしく行動しなければ。

「ありがとう、お兄様」

それをさりげなく教えてくれた兄に感謝を述べて、レオーネは彼の手を借り、ゆっくりと馬車を降りる。

そして背筋をしゃんと伸ばし、王城への最初の一歩を踏み出すのだった。


——当たり前だが、会場は大変な人いきれだった。

王城でもっとも広いとされる大広間は、広さだけでなく天井までの高さもかなりのものだ。民家どころか、ちょっとした聖堂くらいならすっぽり入るのでは、と思えるほどの大きさである。

そんな広間を埋め尽くすくらい多くのひとが集まっている状況に、まず驚かされた。

招待客の大半を占めるのは、レオーネと同じお妃候補の令嬢たちだ。

流行《はや》りの羽根飾りや高価な真珠で着飾り、堂々としている者もいれば、慣れない場所に緊張して、青い顔で立ち尽くしている者もいる。

付き添いの人々の様子も様々だ。鼻息荒くほかの参加者を睨《にら》んでいる者もいれば、顔見知りと気ままに会話を楽しんでいる者もいる。

セルダムはどちらかと言えば後者で、すぐに騎士団の人間と顔を合わせて挨拶《あいさつ》し始めた。

「やぁセルダム。そちらが将軍家の紅一点の妹君かい？」

「ああ、その通りだ。レオーネ、挨拶《あいさつ》しなさい」

兄に促《うなが》されて、一歩うしろにいたレオーネはしずしずと進み出る。

「レオーネ・フィディオロスと申します。以後お見知りおきを」

ドレスの裾《すそ》をつまんで、家庭教師に仕込まれた通りに腰をおとす。兄の同僚らしき紺色の騎士服の男たちは、ほぅっと小さくため息をついた。

「——なんだ、とても美しいご令嬢じゃないか！　じゃじゃ馬姫なんて言われていたようだが、やっぱり噂なんて当てにならんな」

「前からそう言っているだろう？　うちのレオーネは亡き母上に似て美人なんだよ。確かに剣や弓を扱うが、国境近くに住んでいるんだ、護身術くらい仕込んでおかないと逆に危ないだろう」

「なるほど。じゃじゃ馬姫と噂されるようになったのは、将軍家の男たちの教育が原因ということか。それは妹君にとっては災難だったたな！」

そんな感じで楽しそうに笑い合う男たちに、果たして自分はよく思われているのだろうか、悪く思われているのだろうか、と判断がつかずに苦笑するレオーネである。

気さくな兄には友人が多いらしく、騎士以外にもあちこちでひとを紹介された。

だが慣れない場所で緊張していたのか、一通り挨拶《あいさつ》が終わったあたりでレオーネは気分が悪くなってくる。

（コルセットを緩めたいけど、そういうわけにはいかないわよね……）

無意識に胃のあたりを押さえていると、広間の奥の、一段高くなった場所にぞろぞろとひとが出てくるのに気づいた。ほかの参加者たちが目を向けるのに合わせて、レオーネもそちらを見る。

少しするとそこへ、左右に衛兵を従えた、濃い臙脂《えんじ》色のドレスに喪章《もしょう》をつけた貴婦人が現れた。

彼女の姿に気づいた人々が、深々と頭《こうべ》を垂れていく。

レオーネとセルダムも、周囲の人々に合わせ腰を折った。

「――お兄様、あの貴婦人はどなた？」

ひそひそ声で尋ねると、兄も同じくひそひそと答えてくれた。

「王太后様だ。今回のお妃選びを提案したのは、王太后様と聞いている」

王太后……ということは、ギルバート陛下のお母上だ。

レオーネはいけないと思いつつ、好奇心に負けてちらっと王太后様を盗み見る。

ふくよかで優し気な風貌ながら、堂々とした立ち姿には気品と威厳が溢《あふ》れていた。濃い色のドレスと相まって、抜けるように白くつやつやした肌が際立って見える。

「――皆様、静粛に。王太后様よりお言葉を賜《たまわ》ります」

王太后の傍《かたわ》らに立つ老人が声を張ると、全員がさらに頭を下げる。

参加者たちを見回しつつ、王太后はゆったりとしたアルトで語りかけた。

「皆、今日はよく集まってくれました。今回皆を招いたのは、ほかでもない、国王陛下のお妃――この国の王妃を決めるためです。ですが今宵《こよい》は歓迎の宴《うたげ》。思い思いに語らい、食事を楽しみ、歓談するように」

言い終えた王太后が、きらびやかな装飾を施《ほどこ》された椅子に座ると、全員がようやく頭を上げる。

それを合図に給仕が入ってきて、人波を縫って飲み物を配り始めた。

「失礼、レディ。お飲み物はいかがなさいますか？」

「あ、ええと、ではそのピンクのを」

レオーネのもとにも給仕がやってきて、彼女はおっかなびっくりお願いする。

渡されたピンクの飲み物は桃のジュースだと思ったのだが、一口飲んですぐにお酒が入っていることに気づいた。

(うぅ、見た目に反して結構強いお酒が入っているわね？　くらくらしてきた)

今は気分もよくない中だ。周囲に漂《ただよ》う香水の匂いに酒の匂いまで加わって、本格的に気持ちが悪くなってきた。

「お、お兄様、お兄様……。ちょっと風に当たってきていい？」

「なんだ。ひとに酔ったのか？　……まぁ、これだけの人間を見る機会は領地ではないしな。へたすりゃ人間より家畜のほうが多いくらいだし」

セルダムは軽口を叩きながらも、レオーネをすぐにバルコニーへ連れて行ってくれた。

「ここからは庭にも出られるんだ。しばらくそこのベンチに座って休んでいるといい。ただ、庭の奥には行くなよ。そういうところにしけ込むには、おまえはまだ子供過ぎる」

「しけ込むってどういう意味？」

「今はまだ、わからないままでいい。――っと、すまん。上官がきているのが見えた。挨拶《あいさつ》しておかないと」

「わかったわ」

「挨拶《あいさつ》したらすぐ戻るからな」

ごめんと言いつつ、セルダムは再び大広間へ戻っていった。

「お兄様もお付き合いが大変そうね。でも、女のひととばかり仲良くしているわけじゃなくてよかったわ」

バルコニーから緩やかに続く階段を下り、レオーネは舗装された石畳の道を歩く。

兄に言われた通り、大木を背にしたところに置かれたベンチに腰掛けると、ようやくほっと息がつけた。

相変わらずコルセットは苦しいが、酒と香水の匂いから解放されたことで、幾分か気分がマシになった気がする。人目がないのをいいことに、レオーネは背もたれに寄りかかってぐたっと力を抜いた。

「王都だとあんまり星が見えないわね。あちこち明かりがついたままだからかしら？」

見上げた藍色の夜空は、ぼんやりと煙っている感じがする。今日は朝から晴れていたのに、まるで曇りの日のようだ。

領地では曇りの夜は要注意だった。暗がりに紛れて、国境の向こうから他国の間諜《かんちょう》や密売人などが入り込んでくることがあるのだ。

領地を任されている長兄ゴートは天気を読むのに長《た》けているため、こうした夜には必ず警備を増やしていた。実際、曇りの日に怪しい人間を捕まえたことは数知れない。

日々そんな兄を見ているレオーネが、意識せず周りの気配を探ってしまうのは、もはや習慣みたいなものだった。

——と、そのときだ。おかしな気配を茂みの向こうから感じた。

レオーネはとっさにドレスの裾《すそ》を片手でまとめ上げ、その場にさっと身を伏せる。姿勢を低くしたまま茂みへ近づき、向こうへ顔をのぞかせた。

——そこには、暗めの外套《がいとう》を着込んだ者が三人立っていた。

背恰好からして、全員大人の男だろう。外套《がいとう》だけなら防寒のためと言い訳できるが、フードまで被っているのはいかにも怪しい。

（こんな大勢の招待客が集まっている舞踏会の会場のすぐ側で、堂々と悪巧み――？）

ひとより勘が優れているレオーネだから気づけたが、普通なら誰も気づかないだろう。それくらい、彼らは宵闇《よいやみ》に溶け込んでいた。

レオーネはいっそう感覚を鋭くして耳を澄ませる。かすかだがぼそぼそという話し声が聞こえてきた。

「これが例の……ものを見つけるのは……、……少し……」

「では、引き続き……を……、……」

様子を窺《うかが》っていると、一人が手を差し出し、もう一人へなにかを渡しているのが見えた。

さらに言葉を交わしたあと、三人のうち二人は建物から離れるように身を翻《ひるがえ》し、なにかを受け取った一人は城へ向かって歩き出す。

（なにかの取引かしら？　『ものを見つける』とか言っていたし）

――明らかに怪しい。

レオーネは城へ歩き出した一人がこちらに近づいてくるのを察し、思い切ってその前に飛び出した。

「――待ちなさい、怪しい奴！　国王陛下のお城でなにをしているの⁉」

いきなり立ちはだかったレオーネに、相手は驚いた様子で足を止めた。

飛び出したはいいものの、相手は武器を持っているかもしれない。レオーネは目についた枝をひっ掴み、力任せに折った。

そして、それを剣代わりにしっかり構える。

対する相手は、狼狽《うろた》える様子もなければ逃げる様子もなく、両手を腰の脇に下げた状態で立ち尽くしている。

そのうちレオーネの大声に反応して、衛兵が鎧《よろい》をガチャガチャ言わせながら走ってきた。

「なんの騒ぎだ！　いったいなにがあった⁉」

きつい口調で問いただす衛兵たちに、レオーネが状況について答えようとする。

だがそれより先に、外套《がいとう》を着込んだ男が大きくため息をついた。男がフードに手をかけようとしたので、レオーネは慌てて声を張る。

「動くな！　外套《がいとう》は衛兵が預かるからそれまで……って、え？」

レオーネの声など聞こえないとばかりに、男は無造作にフードを払い、首もとの紐を解いて外套《がいとう》を脱いだ。衛兵の持つランプに照らし出されたその顔は、息を呑むほど整っている。

それと同時に、衛兵たちが「ひっ！」と喉の奥から小さな悲鳴を漏らした。

「こっ、これはっ、国王陛下！」

「——へ？」

衛兵たちの絶叫に、レオーネは間の抜けた声を出す。

ぽかんとする彼女の前で、衛兵たちは慌てて槍を引き、その場に膝を突いて深く頭《こうべ》を垂れた。

レオーネは大いに戸惑い、今一度男の顔をじっと見つめる。

ランプに照らされた漆黒の髪、高い鼻筋、気難しそうに引き結ばれた唇。そして印象的な紫紺《しこん》の瞳――

「……ギ、ギルバート、さま……!?」

記憶にある王太子時代の彼と、目の前の男の端整な顔立ちが合致《がっち》した瞬間――レオーネは引き攣《つ》った声を上げて卒倒しそうになった。

「おい、おまえ！　恐れ多くも陛下のお名前を呼ぶなど……！」

「よい。面倒を起こすな」

衛兵が気色《けしき》ばむのに、ギルバートは表情を変えることなく短く命令する。

その威厳ある声に、衛兵はすぐに「はっ」と引き下がった。

衛兵をたった一言で従える姿に、レオーネは背筋を震わせ息を呑む。

国王らしい言動に自然と畏怖《いふ》を覚える一方で、彼女は大いにときめいていた。

（……なんていうか、まさに『ひとの上に立つために生まれてきた方』って感じがするわ！）

まさかこんな至近距離でお会いできるなんて……と、感動に打ち震えそうになるが、あいにくのんきにときめいている場合ではない。

「おまえ、どこの娘だ？　見たところ王妃選びの宴《うたげ》にやってきた者らしいが」

レオーネはハッと我に返り、慌てて背筋をシャキッと伸ばした。

「は、はい。今宵《こよい》の舞踏会に参加させていただいております、フィディオロス伯爵の娘、レオーネと申します！」

陛下にお会いできた嬉しさと、しでかしてしまった失態による恐慌のあまり、レオーネはドレスの裾《すそ》をつまむ淑女の礼ではなく、胸に右の拳《こぶし》を当てる騎士の礼を取ってしまっていた。

おまけに淑女らしい蝶《ちょう》が舞うような囁《ささや》き声ではなく、遠くまで指揮を飛ばせるような張りのある声で答えてしまう。

だがそのおかげで「ああ、フィディオロス将軍の娘か」とあっさり信じてもらえた。今ばかりは父や兄たちの教育に感謝するレオーネである。

「将軍の娘であろうと、陛下に得物を向けるなどとうてい看過《かんか》できることでは……！」

衛兵の一人に言われ、レオーネは拳《こぶし》を握るのと逆の手で、未だ枝を持ったままであることに気づいて血の気が引いた。

「こ、これは違います！　陛下をどうこうしようとしたわけではなく……いや、怪しい者と思い込んでいたので、牽制《けんせい》のために……、えっと、あの……っ！」

焦るあまり、説明すればするほどに墓穴を掘っている気がする。

あわあわと手を振りながら目を泳がせるレオーネに、衛兵は厳しいまなざしで武器を向けてくる。

ギルバートは眉一つ動かさないが、それでもレオーネを不審人物と思っているのは明らかだ。腕を組んでじっと彼女を睨《ね》め付けてくる。

「舞踏会の参加者なら、付き添いの人間がいるはずだ。付き添いはどうした？」

「あっ……！　次兄が、会場に。わたしはその、人酔いを起こしてしまい、外で涼んでいたのです……っ」

ギルバートが顎《あご》を動かすと、衛兵の一人がすぐさま会場へ向かう。きっとセルダムを連れてくるつもりだろう。

もう一人の衛兵もなにやら指示を受けてどこかに走って行く。その結果、この場にはレオーネとギルバートだけが残された。

（どうしよう、陛下と二人きり……！）

ときめいている場合ではないが、まったく意識しないでいるというのも無理な話だった。

緊張と焦りでいっぱいいっぱいのレオーネに対し、ギルバートは冷たい視線を寄越してくる。

「わたしの行動に対し、臣下の娘であるおまえが口出しすることはできない。それはわかるな？」

「は、はい、もちろんです……っ」

「ならば今見たものは、いっさい他言無用。誰かに話せば即座に縄を打つ」

（ひ――っ！）

国王陛下の鋭い眼光を前に、レオーネは竦《すく》み上がる。

父や兄も本気で怒ったときはかなり怖いが、彼らの怒りが火山の噴火だとすると、ギルバートの怒りは猛吹雪《ふぶき》か雪崩《なだれ》かといった感じだ。

——絶対零度のまなざしとは、こういうものを言うのだろう。

「場合によっては、おまえの父と兄も罪に問うことになるぞ」

「つ、罪？」

「おまえが間諜《かんちょう》でないという証拠はないからな。フィディオロス家がなにかよからぬ企《たくら》みをしていないとも限らない」

「そ、そんな……！　フィディオロス家に限って、そんなことはありえません！」

そこはしっかり否定しなければいけないところだ。

将軍職にある父はもちろん、兄たちも全員陛下から剣を授かり、王国騎士になった忠臣だ。この国、ひいては陛下への忠誠心は人一倍あると自負している！

（わたしの軽率な行動のせいで、陛下への忠誠心を疑われるなんて……！）

後先考えずに飛び出したことが悔やまれる。

同時に、こんなことで疑いを持たれるなんて、という反発心が芽生えてきた。

「父を始め、兄弟もわたしも、陛下に忠誠を誓っています！」

「本当だな？」

不意にギルバートの長い指がレオーネの顎《あご》にかかる。そのまま顔を上向かせられ、至近距離で見つめられ、思わずレオーネは胸中で叫んだ。

（へ、陛下の顔がっ、大変にお綺麗なご尊顔がっ、ち、ち、近い――っ!!）

憧れの陛下に間近から見つめられるという状況に、詰問《きつもん》されている現実が吹っ飛びそうになる。

顔を真っ赤にして今にも目を回しそうなレオーネを、不信感いっぱいの表情で見つめるギルバートだったが……

「――まぁ！　陛下ったら、こんなところでなにをしているかと思えば……！」

突如、どこからか華やかな声が聞こえてきて、二人は揃ってそちらに目を向ける。

見れば、会場にいるはずの王太后が、口元を手で押さえ大きく目を見張っていた。そのうしろには美しいドレスに身を包んだ女性たちが、ずらりと付き従っている。

ほどなく彼女たちの背後から、先程どこかへ走って行った衛兵が弱り切った顔で姿を現した。

（だ、だ、だれ……っ？）

王太后様はとにかく、この女性の集団はいったい……

だがレオーネの戸惑いをよそに、こぼれんばかりに目を見開いた王太后が、みるみるうちに満面の笑みを浮かべた。

「今日どころか明日もお出ましにならないと聞いてがっかりしていましたが……、陛下が会場に足を運ばなかったのは、そこにいる娘と逢い引きするためだったのですね!?」

「……あ」

（逢い引きぃいいいいい!?）

あまりのことに、レオーネは口をあんぐりと開けたまま固まる。

そんな彼女の周りを囲うようにして、王太后のうしろにいた女性たちが次々とレオーネの顔をのぞき込んできた。

「なるほど、こういうすれてなさそうな純朴な娘が陛下の好みだったのですね」

「どうりで侯爵家以上の令嬢たちには見向きもなさらないわけだわ」

「みんな澄ましていて外面《そとづら》は完璧ですものね。でも陛下は、発展途上の娘をご自分で躾《しつ》けるおつもりなのだわ」

「きゃあっ、なんだか背徳的な感じ！」

女性たちは思い思いのことを口にして、勝手にきゃいきゃいはしゃいでいる。

「申し訳ありません、陛下。わたしが駆けつけたときには、すでに王太后様は会場を飛び出しておられまして……」

そんな中、衛兵が申し訳なさそうにこそっと伝えてくる。どうやら彼は陛下に王太后を足止めしろと命じられていたらしい。

ギルバートは再び大きなため息をついた。

「……母上、それに姉上方も、勝手に盛り上がられては困ります」

——姉上方！　ということはこの女性たちは……王女様ということだ！

高貴な方々に取り囲まれて、レオーネは再び倒れそうになった。

ありえない状況に、もうどうすればいいのかさっぱりわからない。

——とにかく逢い引きが誤解であることを説明しなくては……

その思いから必死に口を開こうとしたとき、今度は別の衛兵に連れられ、兄のセルダムが駆けつけてきた。

「陛下！　それに王太后様っ……？　妹がなにかご迷惑をっ……？」

ずらりと並ぶ面々を見て、セルダムは真っ青になっている。慌ててギルバートの前に膝を突き頭《こうべ》を垂れてから、恐る恐る問いかけてきた。

だがギルバートが答える前に、王太后がなにかに気づいた様子で目を瞬《またた》かせる。

「あら、あなたは確か、フィディオロス将軍のところの息子よね？　何度か見たことがあるわ。あなたの妹ということは、この令嬢は将軍の娘なのね？」

視線で問われたレオーネはビクビクしながらも頷く。すると王太后は再び顔を輝かせて、ぽんっと手を打ち合わせた。

「まぁ、素晴らしいわ！　フィディオロス将軍の娘なら言うことはないわね。将軍の献身と忠誠は前王陛下の頃から揺るぎないもの！　重鎮たちも反対することはないと思うわ」

父が褒《ほ》められるのは嬉しいが、この状況で言われると、なにやら危機感めいたものを覚えて仕方がない。

歩み寄ってきた王太后は、キラキラした瞳でレオーネの手を取り言った。

「フィディオロス家のお嬢さん、わたくしの権限で王城にあなたの部屋を用意させます。あなたは今日から陛下の婚約者として、王城で暮らしなさい！」

「……えっ、えぇえええぇ──ッ!?」

王太后に対し悲鳴を上げるのは失礼だとわかっている。でも、言われた内容が内容だけに、叫ばずにはいられなかった。

「そ、そんな……！　王太后様、誤解です、わたしは陛下と逢い引きなどしておりません……！」

慌てて言い募《つの》るレオーネをさらっと無視して、王太后はにっこりとギルバートに微笑みかけた。

「あなたも好いている者は近くに置いていたほうが安心でしょう？　この子のことはわたくしにすべて任せてちょうだい！」

国王に、というよりは息子に言い聞かせる口調で、王太后はこれ以上ない笑顔で自分の胸元をぽんっと叩く。

言われたほうのギルバートは、うんざりした面持《おもも》ちで口を開きかけた。

──が、なぜだか途中で口をつぐみ、少しのあいだ黙り込む。そして……

「……母上のお望みのままに」

と答えたではないか！

（へ、陛下、どうしてですか！　さっきまでのアレは逢い引きじゃなく詰問《きつもん》でしたよね!?）

しかしギルバートはもう話は終わりだとばかりに、さっさと建物のほうへ歩いて行ってしまう。

おかげで残された王太后と王女たちは、今まで以上にはしゃいだ声を上げた。

「まさかこんなに早く陛下のお妃候補が見つかるなんて！」

「国中の貴族の娘を集めて舞踏会を開いた甲斐がありましたね、お母様！」

「その通りね！　おまけに白のドレスということは、今日が社交界デビューだったのね？　つまり陛下は涼みにきたこの娘を見初《みそ》めて、即迫ったということだわ。……あぁ、なんてロマンチックなの！」

王女たちと王太后は頬に手を当てうっとりしている。

レオーネは視線でセルダムに助けを求める。だがセルダムもなにがなんだかわからないらしく、戸惑い顔のまま膝を突いて固まっていた。

そうこうするうちに、王太后は満面の笑みでレオーネをぎゅっと抱きしめてくる。

「さぁ、そうと決まれば善は急げよ。すぐひとをやって、あなたを部屋に案内させます。明日からお妃教育を始めますからね。大丈夫、心配はいりません。わたくしが責任をもって、あなたを王妃にふさわしい立派なレディにしてみせますから。大船に乗ったつもりでいらっしゃい！」

「いえ、あの、ですから、わたしは陛下とそういう関係ではなく……！」

このままでは本当に取り返しがつかなくなってしまう、と控えめに抵抗を試みるが「またまた、そんなことを言って！」「照れているのね、可愛いわぁ」とまったく取り合ってもらえず、レオーネはあれよあれよという間に王城に引きずり込まれてしまったのだった。

第二章　国王陛下の不名誉な噂

王城に連れていかれるレオーネを慌てて追いかけてきた兄セルダムは、王太后から直々《じきじき》に、妹が王妃の筆頭候補になったと聞かされて、文字通り卒倒しそうになっていた。

「と、とにかくおれは、急いで父上にこのことを知らせてくる。レオーネが王妃の筆頭候補なんて……えらいことになった。そのあとは、領地の兄上にも伝えに行くから」

そう言って挨拶《あいさつ》もそこそこに、セルダムは頭を抱えながら王城を出発していった。

これ以上ないほどふらつく兄を見送ったレオーネは、王太后の案内で王城の一室に通された。

どうやら貴婦人が使う部屋らしく、明るい色の壁紙と絨毯《じゅうたん》に彩《いろど》られた、かなり広い部屋だ。

なにしろ、居間だけではなく、応接間や音楽室、衣装室までついている。浴室も当然のように完備されていて、一番奥まったところには天蓋《てんがい》付きの寝台が置かれた寝室があった。

客間にしては豪華すぎないか……？

あっけにとられるレオーネだったが、「疲れたでしょうから、今日のところはお休みなさいな」と言われ、質問する機会を逃してしまう。

詳細はまた明日、と言われればそれ以上食い下がることもできず、レオーネは困惑したまま、去って行く王太后を頭を下げて見送った。

部屋にいた世話係だという女性たちは、終始にこやかながら、「もっと狭い部屋のほうが落ち着くんですけど……」というレオーネのささやかな希望を、さらっと聞き流した。

それどころか、食い下がろうとしたレオーネを半ば強制的に浴室に押し込めて、どんな香りが好きかだとか、お気に入りの香油はあるかだとか質問攻めにしてくる。

「特になにも。それより、あの、部屋をですね……」

「ではこちらのバスソルトを入れますね！　香油はこちらを使いましょう！」

レオーネは早々に、これはなにを言っても無駄だと天を仰いだ。

いつもの三倍は長いだろう入浴を終え、ローブを着て居間に行くと食事が用意されていた。

食事を終えて一人にしてほしいと告げると、女性たちはすぐに退室していった。レオーネはようやくほーっと長々と息をつく。

こんな豪華な部屋を用意されたことから考えても、どうやら自分は本当に『ギルバート陛下のお妃候補』として滞在することになってしまったようだ。

（うぅ、どうしてこんなことに……）

王国騎士団の入団試験を目的としてきたのに、まさかお妃候補になってしまうとは。

天蓋《てんがい》付きのふかふかの寝台は、寝心地はとてもいいのだが、そもそもの居心地が悪いせいで、ちっとも眠気がやってこない。

おかげでレオーネは長い時間、寝台の上で悶々《もんもん》と過ごすはめになるのだった。

――もしかして王宮で起きたことは全部夢で、目が覚めたら伯爵家の屋敷にいるかも。

という期待をして眠りに落ちたわけだが、その期待も虚しく、レオーネは寝心地最高の寝台の上で目を覚ました。

重たいため息をつきつつ起き上がり、毎朝の日課である体操を黙々と行《おこな》う。ちょうどそれが終わった頃に、世話係の女性が起こしにやってきた。

ぬるま湯で洗顔し、化粧水や乳液をひたすら顔に擦り込まれたあと、朝食が用意してある居間へ案内される。

とにかく食べないと体力も気力も保たないと思ったレオーネは、カリカリのベーコンや卵料理、焼きたてのパンやサラダ、スープをしっかり胃に収めた。

もともと何日か王城に滞在する予定だったので、数日分のドレスやアクセサリーは持ってきていた。それらは昨夜のうちに部屋へ運び込まれたらしい。衣装室に吊るされていたドレスはいずれも見覚えのあるものだ。そこから適当なものを選んで身支度を行《おこな》う。

そうしてすべての用意が整い一息ついたところで、王太后から「今からそちらに向かう」という連絡があった。

昨日は結局、逢い引きは誤解だということをきちんと伝えられなかった。自分には騎士になりたいという志《こころざし》もある。それを今度こそしっかり話さねばと、レオーネは意気込んだ。

ほどなく、王太后が部屋にやってくる。彼女だけでなく、王女様方、そして老齢の宰相も一緒に入室してきた。

客室の居間はかなり広々としていたが、五人以上の人間が入ってくると、さすがに狭く感じられる。

レオーネは緊張しつつ、促《うなが》されるまま一人がけの椅子に腰掛けた。

「顔色はそんなに悪くないわね。きちんと休めたようでよかったわ。――さて、いいですか、レオーネ・フィディオロス」

レオーネの向かいに腰掛けた王太后は、お茶を持ってきたメイドが下がるなり、やや表情を厳しくして切り出した。

「あなたのことは『王妃にふさわしい教育を施《ほどこ》す』と銘打って王城に滞在させることにしますが、それはあくまで表向きの理由です」

王太后のまなざしがあまりに真剣なので、レオーネはゴクリと唾を呑み込む。

騎士になりたいなどと言える雰囲気ではない上、王太后の言葉の意味も気になって、彼女はおずおずと口を開いた。

「は、発言をお許しください、王太后様。あの『表向きの理由』ということは、なにか別に理由があるということですか？」

「その通り。あなたがここで為すべきことはただ一つ——国王陛下の御子《おこ》を身ごもることです！」

「おっ……」

あまりの内容に、思わず喉を絞められた雄鶏《おんどり》みたいな声が出た。

(御子……、御子って、つまり子供のこと!?　それを身ごもるって——!?)

レオーネは危うく「冗談でしょ？」と叫びそうになった。

すんでのところで呑み込んだけれど、表情を取り繕《つくろ》うまではできない。

だがそれも無理からぬことだろう。

婚約も結婚もすっ飛ばして、いきなり妊娠しろだなんて……無茶な話にもほどがある！

(だいたい、陛下と恋仲だというのも、まったくの誤解なのに……!!)

「け、結婚していない相手と子供を作るのは、さすがに色々とどうかと……っ」

「そんなことは言われるまでもなくわかっています。ですが、これまでずっとお妃選びを避け続けている陛下のこと、子供でもできない限り、結婚を認めたりしないでしょう！」

扇をぱしんっと手のひらに打ち付けて、王太后が断言する。

あまりにきっぱりと言い切るのを不思議に思って、レオーネは恐る恐る質問をした。

「あの、なぜ陛下はお妃選びを避けているのでしょうか……？　お妃様は陛下にとっても国にとっても、必要な存在だと思うのですが」

「無論、そのことは陛下も重々ご承知でしょう」

レオーネの問いに答えたのは王太后ではなく、彼女の傍《かたわ》らに腰掛けていた老宰相だった。

レオーネが目を向けると、彼は白い口ひげを撫でながらゆっくりと口を開く。

「しかし、陛下のお眼鏡にかなう令嬢がいないのです。王妃にふさわしい家柄の令嬢は全員すげなく追い返され、しつこく食い下がろうものなら、家族共々しばらく王宮に顔を出すなと言われる始末でしてな。結果的に、侯爵家以上の令嬢たちは、全員お妃候補から外れる結果となってしまいました」

「本来なら慣例に則《のっと》り、公爵あるいは侯爵の令嬢を王妃に迎えたいのですが、こうなった以上、そんなことは言っていられませんからね」

お相手と陛下との相性も大切ですし、と王太后は付け加え、再び扇をぱしんっと手のひらに打ち付ける。

「そこで、今回のお妃選びの舞踏会を開いたのです。伯爵以下の家の娘なら、陛下のお気に召す令嬢がいるかもしれないと考えて」

王太后の瞳がレオーネを見つめてキラリと光る。彼女としては「思った通り、陛下の目に留まる令嬢が現れた」といったところなのだろう。

これではますます「誤解です」とは言い出しにくい……レオーネは居たたまれなさのあまり、思わず王太后から目を逸《そ》らした。

「とにかく、陛下はあなたが王城に滞在するのを許したわけですし、これまでの令嬢と違うなにかを感じているのは間違いないでしょう。ですから、あなたにはなにがなんでも頑張ってもらわなければなりません！」

扇をビシッと突き付けられて、レオーネは反射的に「は、はい！」と背筋を伸ばす。

その返事を聞いた王太后並びに王女たちは満足そうに頷いた。

宰相もうんうんと首を縦に振りながら、レオーネににっこりと微笑みかける。

「もちろん、御子ができるかどうかは神の采配によるところが大きいので、今すぐ身ごもれとは申しません。ですが、子作りはしっかりしていただきますので、そのおつもりで」

「こ、子作り……」

宰相の笑顔と生々しい言葉に、レオーネは口元を引き攣《つ》らせる。

どんなに色恋とは無縁の生活を送っていても、レオーネとて十八歳だ。さすがに子供を作る方法くらいは知っている。

それに自身の経験はなくとも、家畜の交尾なら領地で頻繁《ひんぱん》に目にしていた。

それを思い出して遠い目をするレオーネに、宰相が気遣うようなまなざしを向けつつ、さらに言葉を重ねてくる。

「未婚のご令嬢に聞かせるには刺激が強いのは重々承知しておりますが、こちらにも事情がありまして」

「事情……？」

「実は、あまりに陛下が結婚に乗り気でないために、困った噂がまことしやかに囁《ささや》かれるようになっているのです」

「困った噂ですか？」

「ええ……陛下が男色ではないか、という噂です」

「へ、陛下が、男色……!?」

ひっくり返った声を漏らすレオーネに、「あくまで噂です」と宰相が低い声で念を押してきた。

「さらに問題なのは、陛下が不能だと思われてしまうことです」

宰相に続き、王太后が低い声で続けた。その目が完全に据わっていて恐ろしい。

だが無理もない。それはつまり、国王としてお世継ぎが残せないことを意味するのだから。

「結婚を避けるだけならまだしも、陛下の場合、女性そのものを遠ざけていらっしゃる。その一方で、騎士たちの訓練場には鍛錬のために毎日足を運ばれています。これでは女嫌いを通り越し、男色と噂されても致し方ないかと」

絶句するレオーネに、宰相が苦悶の滲《にじ》むため息をついた。

「とはいえ、今のところ陛下と関係を持ったという男は一人も見つかっておりません。しかしそうなると今度は、陛下が不能ではないかと疑う者が出てきてしまい……」

その話を聞いたレオーネは、ふと領地でのことを思い出してみる。

男兄弟ばかりの家に生まれ、騎士たちとも親しくしていたレオーネは、彼らが年頃になると年上の友人などに連れられ、女遊びを覚えてくるというのをなんとなく知っていた。

となれば、王族であっても、当然そうした機会が与えられているのではないだろうか。

そんなレオーネの疑問に、宰相は首を横に振った。どうやらギルバートは、それらもいっさいしていないらしい。

女遊びが過ぎるのも問題だが、淡泊すぎるのも別の意味で心配ということらしかった。

（まさかこんな形で、ギルバート様の私生活を知ることになるなんて……）

レオーネ自身は恋愛経験すらないため、恥ずかしいやら気まずいやら……どうしても頬が赤くなってしまう。

しかし、レオーネ以外の人々の顔つきは深刻そのものだ。

「とにかく！　事の真偽はどうであれ、陛下がそのような状態であり続ければ、よからぬことを企《たくら》む輩《やから》が出てこないとも限りません。陛下には一刻も早く、お世継ぎを残せる身体だと証明していただかなくては！」

ぐっと拳《こぶし》を握って力説する王太后に圧倒されながらも、レオーネは神妙に頷く。

実際に、国王陛下がお世継ぎを残せないなど、ゆゆしき事態だ。それこそ、このグリスフィン王国の存続に関わる重大事である。

「それにはレオーネ・フィディオロス、あなたの協力が不可欠なのです！」

王太后のみならず、宰相や王女方まで真剣な面持《おもも》ちで頷くので、レオーネの口元がひくっと引き攣《つ》る。

とてもではないが誤解とは言い出せない雰囲気だ。「自分は騎士になるつもりで王都へきたのですが」などと口にしようものなら、どんな目に遭わされるか想像したくもない。

（いやでも、待てよ……）

初心を思い出せ、レオーネ・フィディオロス。

そもそも自分はなにを考えて王国騎士になりたいと思ったのだ？

（ギルバート陛下のお役に立ちたいと思ったからだわ。わたしは令嬢よりも騎士のように暮らすほうが性に合っているから、王国騎士になれば陛下のお役にも立てて万々歳《ばんばんざい》だと思ったのよ）

しかし……レオーネは今一度王太后たちをちらっと見やる。

彼女たちは真剣そのものの面持《おもも》ちでレオーネの答えを待っている。それはひとえに、ギルバートにつきまとう悪い噂を払拭《ふっしょく》したいからだ。

王太后の望み通り、自分がお妃候補としてここに滞在することは……『騎士になりたい』と思った根本にある、『ギルバート陛下の役に立ちたい』という思いを叶えることに繋がるのではないだろうか？

（お妃としてやっていける自信は、正直ないけれど……。わたしがここにいることで、陛下の名誉を護り、この国の未来を護ることができるのなら——）

——陛下のお役に立ちたいという気持ちが本物なら、お妃候補だってできるはずでしょう、レオーネ・フィディオロス……！

尻込みしそうになる気持ちを奮《ふる》い立たせて、レオーネはしっかり顔を上げた。

「わ、わかりました。陛下のため、王国のために、わたしがお役に立てるのなら……不肖レオーネ・フィディオロス、この身を賭《と》して必ずや使命を果たしてみせます!!」

強く拳《こぶし》を握ったレオーネは、宣言した勢いそのまま椅子から立ち上がる。

令嬢というより完全に騎士のような面持《おもも》ちで誓いを立てるレオーネに、王太后たちは「おお……っ！」と感じ入った声を漏らした。

「よく言いました、レオーネ・フィディオロス！　それでこそフィディオロス将軍の娘だわ！」

王太后が讃《たた》えると、宰相と王女たちも歓声を上げて拍手を送る。

「さて、決意表明が済んだところで。さっそく採寸といきましょうか！」

「――へ？　採寸？」

王太后のその言葉に、意気込んでいたレオーネは首を傾《かし》げるのだった。


奥の衣装室に移動した途端、待ち構えていたお針子たちに突撃され、レオーネは着ていたものをすべて脱がされた。裸の状態であちこち採寸された挙げ句、新しい下着をつけられたかと思えば、これでもかとコルセットを締められる。危うく窒息するかと思った。

そうこうするうちに、サイズ直しをした赤いフリフリの派手なデザインのドレスを着せられ、髪を結われて、大きな宝石のついたアクセサリーをつけられる。

下手《へた》をすれば鎧《よろい》を着たときよりも全身が重い……。そんな状態で、レオーネは国王ギルバートの私室に放り込まれた。

「そろそろ朝の鍛錬を終えて、陛下が部屋にお戻りになる頃です。お茶の支度を調えておりますので、ひとまずいい雰囲気になってください」

(いい雰囲気ってなに⁉)

宰相からの無茶苦茶な指示に困惑しているあいだに、扉が開いてギルバートが部屋に入ってきた。

「これは陛下、おはようございます。本日は執務の前に、婚約者様と一緒にお茶などいかがでしょうか？」

一気に緊張して思わず騎士の礼をしたレオーネに対し、宰相はおっとりとギルバートに声をかける。

が、ごてごてのドレスを着たレオーネとお茶の支度を一瞥《いちべつ》するなり、ギルバートは「いらん」と言って、奥の部屋に入っていってしまった。

「むむ、さすが陛下、まったくなびきませんな。ですがこの程度は予想の範囲内。さっ、レオーネ様、陛下を追いかけなされ」

「お、追いかけるって、どうしろと——うわっ」

戸惑っているうちに腕を取られ、ギルバートの入っていった部屋へ放り込まれる。危うく転びそうになるがなんとかこらえて顔を上げると、今まさに簡素な騎士服から着替えようとしていたギルバートとばっちり目が合ってしまった。

「陛下、婚約者様が、陛下のお着替えを手伝いたいとおっしゃっております」

扉のところで、宰相が無責任なことを言ってくる。

（陛下の着替えの手伝い!?　そんな恐れ多いこと……！）

レオーネは必死に視線で無理だと訴えた。それに宰相が答えるより先に、レオーネの首根っこをギルバートがむんずと掴む。そのまま猫の子を追い出すように、部屋の外へぺいっと放り出された。

「宰相、馬鹿馬鹿しい真似をするな。次にまた同じことをしたら、謹慎を言いつけるぞ」

ギルバートは低い声でそう釘を刺すなり、ばたんっと扉を閉めて内鍵までかけてしまった。

「ほっほっほ、さすが陛下。一筋縄ではいきませぬなぁ」

「いえ、あの、宰相様……。これはいったいどういう作戦なのですか？」

高そうな絨毯《じゅうたん》に尻餅をついた状態で、レオーネは困惑した声を上げる。宰相は口ひげをいじりながら、ぐっと拳《こぶし》を握った。

「ズバリ、陛下の生活圏にずかずか入り込んで、レオーネ様への意識を高めてもらおう作戦です」

「えぇぇえ……？」

「陛下はこれまで女性とは縁のない生活を送ってきましたからな。まずは陛下のお側に、自分を慕っている女性がいると認識していただきませんと」

「でも……」

レオーネは、先程聞いたギルバートの私生活を思い出す。

「陛下は、いわゆる女嫌いなのですよね？　だったら、こんなふうに飾り立ててお側に侍《はべ》るのは、ちょっと……いやかなり、逆効果なのでは？」

「さて、このあと陛下は執務に移ります。昼食は二時間後になりますから、あなたはそれに合わせて新たなドレスに着替えて、陛下をお出迎えください」

「聞いちゃいないな」

「陛下のスケジュールは一ヶ月先まで把握しております。ご一緒できる瞬間は決して逃しませんので、ご安心ください」

てきぱきと手帳でスケジュールを確認する宰相に、レオーネはため息をつく。

どうやら宰相の気が済むまでこの作戦とやらに付き合わされそうだった。

その後レオーネはドレスを着替えてギルバートとともに昼食の席に着く。

宰相の作戦に疑問はあれど、陛下の役に立ちたい気持ちは大いに持っているレオーネである。

自分でもできるだけ距離を詰めてみようと、食事中ギルバートに話しかけてみたが、そのすべてを黙殺された。

そして食事を終えて立ち上がったギルバートは、絶対零度のまなざしでレオーネに告げる。

「今後もくだらないことを話しかけるようなら、食事の同席は二度と許さん」

好かれるどころか完全に嫌われている……立ち去るギルバートのうしろ姿を見ながら、レオーネは思わず片手で目元を覆《おお》った。

その後も宰相のお膳立てで、お茶の時間、夕食と一緒に過ごしたが、話しかけるなと言われた手前、ただ黙々と時間が過ぎていくのみだ。

陰で様子をのぞき見していた宰相からは「もっと積極的に話しかけないと駄目でしょう」と、怒られたが、そんなことをしたら最後、即座につまみ出されて二度と同席してもらえなくなるに違いない。

「今はとにかく、ギルバート様に自分を認識してもらうのが最優先だ」と、どうにか宰相を説得したレオーネだったが、一番の試練はその日の夜に待っていた。

昼のあいだ、お妃候補として城に招いた令嬢たちを丁重にもてなし、早々に帰ってもらうことを詫びて回っていた王太后は、レオーネがこれから湯浴みをするというタイミングでいきなり客室に突撃してきた。

「さぁ、これからが本番よ、レオーネ・フィディオロス！　まずは全身を磨き上げて、この香油を身体の隅々まで塗り込みなさい！」

そう言って、ピンク色の香油を差し出す。

なんだか嫌な予感を覚えて、レオーネは口元を引き攣《つ》らせた。

「あのぅ、王太后様、この香油は……？」

「んふふふっ。この香油には、興奮作用のある薬が混ぜられているの。香りを嗅いだ者はたちまち官能的な気分になるそうよ。要するに、ヤりたくなるの。これを身体に擦り込んで陛下の寝台に忍び込めば、きっと陛下もその気になってくださるわ！」

笑顔で断言した王太后は、さらに「仕上げはこれよ！」と布のようなものをバッと広げてみせる。それを見たレオーネは思わず「うげっ」と令嬢らしからぬ声を出した。

王太后が広げたそれは、全体的にスケスケの、下着とも言えないシュミーズだった。肩紐に支えられた乳房部分はレースで覆《おお》われ、かろうじて透けることはないけれど、腹部から太腿部分は完全に透けている。

ドロワーズの代わりに恥部を隠す別の下着も渡されたが、そちらはもはや下着というより、三角の布がついた紐だった。

色が赤というのがまた目に毒である。

「王太后様、さすがにこれは、その……攻めすぎでは？」

「さぁさぁ、陛下をお待たせしてはいけないわ！　おまえたち、持てる限りの技術でこの娘を磨き上げなさい。陛下が無事に男になった暁《あかつき》には、おまえたちにも特別手当を支給しますからね！」

「こっちも聞いちゃいない」

レオーネの突っ込みなどまるで耳に入っていない様子で、王太后はうきうきと指示を飛ばす。

正式にレオーネ付きとなった三人のメイドたちも、特別手当の言葉に目の色を変えて、彼女を湯の中に突き飛ばした。　水泳の訓練を受けていたレオーネだからよかったが、普通の令嬢だったら溺《おぼ》れるところだ。

　もうなにを言っても駄目だろうというあきらめの心境で、レオーネは足の指のあいだから耳孔まで丁寧に磨き上げられるのだった。

　髪を乾かされたあと、ねっとりと纏《まと》わりつくような香油を全身に擦り込まれたレオーネは、例の下着を着せられる。

　さすがに部屋を移動するあいだはガウンを羽織っていたが、王太后の手引きで陛下の寝室に入った瞬間、さっさとそれを剥《は》ぎ取られてしまった。

「健闘を祈るわ、レオーネ。なんとしても陛下を誘惑して目的を達成するのですよ！」

　ぐっ、と拳《こぶし》を握る王太后は、レオーネを寝台のほうに押しやり退室していく。レオーネはため息をついて、ひとまず寝台に腰掛けギルバートの訪れを待った。

　だが仕事が押しているのか、ギルバートはなかなか現れない。

　昨夜遅くまで眠れなかったせいで、気づけばうとうとしてしまっていた。どれくらい経った頃か、扉が開く気配がしてレオーネはハッと顔を上げた。

　湯浴みを済ませたらしいギルバートは、シャツと脚衣というラフな格好をしている。タオルで濡れた髪を拭いている彼の、いつにない砕けた様子に思わず胸がドキンとした。

「あ、あの、陛下……」

だが、レオーネが声をかけた瞬間、ギルバートの目に険悪な光が宿る。

彼は大股で寝台に近寄ると、縮こまるレオーネを片手で抱えて、再び部屋の外へぺいっと放り出した。

「へい……」

「次に寝室に入ったら殺す」

(さ、殺人予告……!)

思わず固まったレオーナの鼻先で、ばたんっと無情にも扉が閉まる。続けて静かな廊下に施錠《せじょう》の音が響いた。無理に入ろうものなら本当に打ち首にされそうだ。

「前途多難すぎるでしょ〜……」

スケスケの薄っぺらい下着一枚の格好で、レオーネは為す術《すべ》もなく天を仰ぐのであった。

＊　＊

陛下のお役に立てるなら、どんなことでも頑張りたい!

——という気持ちは紛れもなく本心なのだが、こうも相手にされないと途方に暮れてしまう。

その後も宰相と王太后のお膳立てのもと、レオーネは幾度となくギルバートに向かっていったが、毎度すげなく追い返される。今や行動すればするほど、なけなしの好感度がさらに下がっている気がしてならない。

「会話もしたくないほど嫌なのなら、どうして陛下はわたしを婚約者として城に滞在させているのかしら？」

首を傾《かし》げながら、レオーネは軽快な足取りで城内の階段を下りていった。

現状まったくギルバートとの関係に変化がないことを報告しに行ったら、長期戦を覚悟した王太后からお休みをいただいたのだ。

メイドたちから「お茶を飲みながら読書や刺繍《ししゅう》でもいかがですか？」と勧められたが、レオーネはそれを丁重に断り、城外へ出ることにした。

というのも、王城に入ってからギルバートに突撃するばかりで、朝の日課にしていた乗馬も剣術もまったく手つかずだったのだ。

このままでは身体がなまってしまう。なによりギルバートの本心が見えないモヤモヤ感を、運動することで吹き飛ばしたくて、レオーネはさっそく持参した乗馬服に着替えた。

メイドに教えられた道を進んでいくと、外へ通じる玄関が見えてくる。レオーネは足を速めて屋外に駆け出した。

「――ああ！　なんていい空気！　こうして外に出るのも久々だわ」

王城の裏手に広がる、近衛《このえ》兵たちの鍛錬場へ向かうレオーネは、吹き抜ける初夏の風を浴びて満面の笑みを浮かべる。

目の前の広場では多くの騎士が剣や槍を手に稽古をしていた。奥に見える馬場では乗馬の訓練も行《おこな》われている。

「すごいわ、どの馬も見ただけで駿馬《しゅんめ》とわかる……！　それに騎士たちもなんて立派なの！」

暑い時期なので、上半身は裸で稽古に励《はげ》んでいる者が多かった。動きに合わせて飛び散る汗や、むきっと膨らむ肩や腕の筋肉を見ていると、自然とわくわくしてしまう。

幼い頃から目にしてきた国境を護る兵士たちを思い出して、わたしも稽古に交ぜてもらえないかしら、と本気で考えた。

（あそこの兵士は肩が大きいから重たい武器でも難なく振り回せそう。向こうにいる騎士は細身だけど、かなり素早いわね。ああっ、手合わせしてみたい……！　って、あれ？）

頬を染めてうっとりと騎士たちを見つめていたレオーネは、その中に覚えのある顔を見つけて、あんぐりと口を開けた。

（あそこで剣を振るっているのって、ギルバート様？）

間違いない。ほかの騎士たちと同じようにシャツと脚衣だけだったので、すぐには気づかなかったけれど、あの艶《つや》やかな黒髪とシュッとした立ち姿はギルバートだ。

（ほかの騎士に比べて筋肉量は少ないけど、そのぶん動きが速いわ）

気づけばレオーネは真剣に、ギルバートを観察していた。

大抵の騎士は、裂帛《れっぱく》の気合を込めて剣や槍を振り下ろすのが普通だが、それに対してギルバートの戦い方は独特だった。まず、むやみに得物を振り回すことをしない。そして相手の攻撃を受け止めるより、よけることのほうが多かった。

だが、よけると言っても逃げるのとはまったく違う。常に相手との間合いを計り、どれくらい動けば攻撃が届かないかを、瞬時に見極めているのだ。

まったくの素人が見たら「逃げてばかりだ」と思う戦い方かもしれない。その真価に気づけたのは、レオーネに多少なりとも武術の心得があるからだろう。

しかし、ギルバートとてよけてばかりではない。相手が隙を見せたときには容赦《ようしゃ》なく攻め、素早く鋭い一撃を入れている。

今も、相対する大柄の騎士がよろめいたところで、ギルバートは剣の柄で相手の手の甲を強く打ち据えていた。容赦《ようしゃ》のない一撃に、相手はたまらず剣を取り落とす。

ギルバートはその後も向かってくる騎士を同じように打ち倒し、全員がぜいぜいと息を切らしている中で、一人涼しい顔で剣を収めた。

「すごい。さすがはギルバート様だわ。以前も同じ戦い方をしていたけど、あのときよりずっと速くて強くなっている……！」

興奮のあまり、レオーネは頬をバラ色に染めて、ぴょんぴょん跳ねながら拍手してしまった。

そこでギルバートも、レオーネの存在に気づいたらしい。

何事だという顔で振り返った彼は、レオーネを見るなりあからさまに顔をしかめた。

レオーネは思わず口元を引き攣《つ》らせるが、すぐに柵を跳び越えてギルバートのもとへ駆け寄る。

「ごきげんよう、陛下。見事な剣さばきでした」

「……」

ギルバートは答えず、剣帯を身につけ上着を取ると、大股で城のほうへ歩き出す。どうやら稽古は終わりらしい。

ドレスを着ていたらまず追いつけなかったが、今日は身軽な乗馬服を着ている。レオーネは小走りでギルバートについていった。

「陛下、お忙しいのは重々承知していますが、どうかわたしと話す時間を設《もう》けてくださいませんか？」

「おまえと話すことなどなにもない。時間の無駄だ」

バッサリと切って捨てられる。だが、すでに数日この状態が続いているレオーネは、そう簡単にはめげない。

「ではお部屋に戻るまでのあいだ、こうしてお話しすることをお許しください。どうしてもお聞きしたいことがあるのです」

ギルバートは答えない。おまけに歩調も速くなった。のんびり許可を待っていては、あっという間に部屋に着いてしまいそうだ。

レオーネは失礼を充分承知した上で、あえて会話を切り出した。

「なぜ陛下は、わたしが婚約者として城に滞在するのを黙認なさっているのですか？　わたしと結婚したいわけではないですよね？」

「当たり前だ」

幸いなことにギルバートは答えてくれた。

——内容には、ちょっと傷ついたが。

「ではなぜ、わたしを放逐しないのです？」

「『婚約者』を側に置いておけば、連日のように見合いやらなにやらを薦められずに済むからだ。わずらわしいことが一つ減って、過ごしやすくなる」

——なるほど。要は女よけのためということか。

レオーネも勝手に求婚者が領地にやってくる日々を過ごしていたから、気持ちはわからなくもない。しかし、だ。

一介の伯爵令嬢のレオーネと、一国を背負う国王陛下では、立場も事情も違いすぎる。

「でも、いつかはお妃様を娶《めと》らなければなりませんよね？　お妃様を迎えて、その方とのあいだにお世継ぎを設《もう》けることも、陛下の義務のお一つかと思います」

「言われずとも承知している」

「ならばなぜ、お妃様を選ぼうとなさらないのか——」

ギルバートがいきなり立ち止まったので、すぐうしろを歩いていたレオーネは危うく彼の背中にぶつかりそうになる。慌てて立ち止まった自分を、肩越しに振り返ったギルバートが鋭い視線で見下ろしていた。

「へ、陛下――」

「そうやってわたしの考えを探ってくるようにと、誰かから命じられているのか？」

思いがけないことを言われ、レオーネは弾かれたように首を振った。

「まさか！　個人的に気になって……」

「ただの好奇心ならよけいな口を利くな。先程も言ったが、おまえは単なる女よけに過ぎない。代わりの者はいくらでもいる。追い出されたくないなら、おとなしくしていることだ」

冷たい……というより、感情をすべて排除したような暗い瞳を向けられて、レオーネは思わず口をつぐむ。

不躾《ぶしつけ》な質問をぶつけた自覚があるだけに、再び歩き出したギルバートを追いかけることもできず、レオーネは遠ざかる背中をじっと見送った。

（陛下はわたしを女よけとしか見ていないから、親しくなろうとして近づくのは逆効果ということね……。これじゃ、とても陛下と子作りなんて無理よ）

どうしたものか……当てもなく城内を歩きながら、レオーネはうんうんと唸《うな》る。

悩みながら歩いていたせいか、いつの間にか各階に設《もう》けられている使用人たちの部屋へ近づいていたらしい。

ワゴンが近くに置かれた扉は開けっぱなしになっていて、中で作業をする女官たちの楽しげな話し声が聞こえてきた。

「ねぇ、やっぱり今日も、陛下の寝室のリネン類に問題はなし？」

ギルバートの話題だと気づいて、レオーネは思わず足を止める。音を立てずに物陰に身を潜《ひそ》めた途端に、『寝室』という単語が聞こえてきてドキッとした。

「ええ、いつもとまったく変わりなし。つまり昨夜も陛下は誰も寝台に誘わなかったということよ」

「婚約者が決まったというお話だったけれど、拍子《ひょうし》抜けね。王太后様や宰相様が気を遣っているみたいだけど、仲良くしている気配もないのでしょう？」

「そりゃそうよ、田舎《いなか》育ちの芋臭い娘が陛下を落とせるわけないじゃない！」

あけすけな言葉のあとに「それもそうよね～！」という笑い声が続いて、レオーネは唇を思い切りへの字に曲げた。田舎《いなか》育ちは事実だが、芋臭いとまで言われるのは心外だ。

まさか噂している相手がすぐ側にいるとは思わず、女官たちの会話は続く。

「でもあのお嬢様、陛下の信頼も厚いフィディオロス将軍の娘なのでしょう？」

「それを言うなら、今まで陛下がお断りになった令嬢たちだって、みんな公爵家や侯爵家のお姫様だったじゃない。やっぱり陛下は女性に興味がないお方なのよ！」

「ええっ？　じゃあ噂通り……」

「間違いないわ。それに陛下のお部屋には女性はいっさい入れないけど、男性はしょっちゅう出入りしているじゃない。側近や近侍なんかは常にお側にいるし……」

一人が張り切って断言するのに対し、もう一人が「うーん」と悩ましげな声を上げる。

「でもそれならそれで、掃除係でも洗濯係でも、誰かが気づくでしょう？」

「え、え？　それじゃあ陛下は、やっぱり……？」

「そうでも考えないと、ねぇ……？」

いつの間にかひそひそ声で話していた女官たちは、部屋の奥からやってきたとおぼしき年配の女官に叱責《しっせき》されて、慌てて仕事に戻っていった。

部屋から飛び出してきた女官がワゴンを押していくのを見つつ、レオーネはぎゅっと拳《こぶし》を握る。

（……なんて無責任な会話!!　陛下が女性を部屋に入れないから男色、なにもした形跡がないから不能、なんて、どれだけ安易な発想なのよ!?）

とはいえ噂の発生源が、誰が通りかかるとも知れない場所で、無責任にペラペラと勝手な想像を話している王城の女官であることはわかった。

——なるほど、リネンの交換や掃除を行《おこな》う女官たちから、陛下の私生活が漏れていたとは。

レオーネにとっては盲点だった。

きっと王太后や宰相は、どこから噂が広がっているか最初から承知していたのだろう。

だからこそ妃候補であるレオーネに、陛下と子作りしろと命じたのだ。

事実さえあれば、女官たちはまた勝手に噂を広げてくれる。それが結果的に陛下の名誉を護ることに繋がるから――

(でもそうすると、わたしがいるのに行為のない状態が続けば、ギルバート様が男色だの不能だのと、今まで以上に噂されてしまう!)

これ以上、あんな口の軽い女官たちに、陛下の不名誉な噂話を流されてたまるものか!

陛下を慕うレオーネの心が、火を入れられたように燃え上がる。

――なにがなんでも、ギルバートと子作りをする!

そうと決まればこうしてはいられない。レオーネは王太后の部屋へ駆け出した。

＊　＊

昼間しっかり英気を養ったので、今夜から陛下のところへ行きたいです! と直談判すると、王太后は大喜びでギルバートの侍従へ連絡してくれた。

おかげでその夜は、国王の私室までスムーズに通される。

この扉を開ければ寝室だ、と意気込んだレオーネだが、ふと扉の向こうに複数の人間の気配を感じて、ノックするのを思いとどまった。

（こんな遅い時間に寝室に誰が……？　はっ、まさか）

周囲が気づかないだけで、実はギルバートにはそういう相手がいたのだろうかと、レオーネはドキリとする。

いけないと思いつつも、レオーネはわずかに扉を開けて中をのぞき込んだ。

部屋の中央に置かれた寝台の脇で、薄着のギルバートと、外套《がいとう》に身を包んだ二人の人間が、なにやらぼそぼそ話している。フードを目深《まぶか》に被っているので顔はわからなかったが、あの風体《ふうてい》の人間には見覚えがあった。

――舞踏会の夜に、ギルバートとなにやら話し込んでいた男たちだ！

（陛下の情人……って感じじゃないわね。どちらかというと密偵とか間者に近い雰囲気だもの）

さほど時間をかけずに話は終わったらしく、一人は部屋の奥のカーテンの袖《そで》にするりと入り込み、もう一人は窓からバルコニーへ出て、柵を跳び越え夜の闇に消えていった。

音もなく去った二人に舌を巻きつつ、一度身を引いたレオーネは扉を音高くノックする。向こうから「誰だ？」と声が聞こえたので、レオーネは名乗らずに扉を開け寝室に入った。

「……無礼だな。誰何《すいか》の声を無視するとは」

「申し訳ございません。けれどわたしだとわかったら、陛下はまず入室を許可されないと思いましたので」

夜着の裾《すそ》を持ち上げ深く頭を下げながら、レオーネは重々しく言う。

ギルバートはピクリと眉を上げたが、否定もしなかったので、レオーネの言う通りにしただろうことが窺《うかが》えた。

「次に寝室に入ったら殺すと言ってあったと思うが？」

「お怒りは重々承知していますが、どうか昼間の話の続きをさせてください。陛下がなぜお妃様を娶《めと》ろうとしないのか、どうしても気になるのです」

「くだらない。そんなことをおまえに話す義理は――」

「ないと思いますか？　陛下にとって、わたしはただの女よけでしかないのでしょうが、わたしは陛下の婚約者としてここにいます。それを認めてくださったのが陛下である以上、わたしには答えを聞く権利があると思います」

ギルバートが面倒くさそうに顔をしかめる。

とにかくギルバートの気を引こうと、レオーネは強気に言い募《つの》った。

「お世継ぎを残すのは国王の義務だと、陛下もご承知のはずです。それなのに、理由も告げずにいつまでもお独りでいらっしゃるから、城内で陛下は男色だ、不能だと、あることないこと噂されることになるのですよ？」

「それこそ、くだらない。女官の噂話など、いちいち真に受けてられるか」

取り付く島もない答えを返し、ギルバートは窓際のテーブルに広げられた書類をまとめ始める。

レオーネはそちらに駆け寄り、書類の上にばんっと手をついた。

「陛下がそう思っていても、周りはそう考えません！　だからこそ、王太后様も宰相様も、わたしを陛下に近づけようと、あれこれ動いてくださっているんです」

「ならば母上たちに言っておけ。そのような気遣いは無用だと」

「だからそれは陛下にとっての話で、周囲はやきもきしているんですってば！」

一瞬レオーネを見たギルバートは、すぐにまた書類の整理を始めてしまう。

レオーネはじれるやら腹立たしいやらで、たまらなくなる。思い余った挙げ句、手元にあった書類をまとめて胸に抱え込み、ギルバートの届かないところまで素早く下がった。

「おい……」

「誤魔化さず、きちんとお答えください。そうすればこの書類はすぐにお返しします。陛下の私室にある書類が重要度の高いものであることは、さすがにわかりますので」

「……」

ギルバートはこれ以上ないほど眉間の皺《しわ》を深めて、無言でレオーネを睨《にら》みつけてくる。

その鋭く厳しいまなざしに足が震え出したが、レオーネは必死にギルバートを見つめ返した。

「わたしは陛下が国王としての義務を蔑《ないがし》ろにしているとは思いません。こんなに遅い時間まで書類を広げ、密偵……かはわかりませんけれど、それらしい方々とお話ししているのは、この国をよくしたいと思ってのことでしょう？」

「……密偵たちのことを見ていたのか」

「すみません、お部屋に入る前にのぞき見しました。もしかしたら陛下が恋人を連れ込んでいるのかもしれないと思って」

ギルバートの口元がかすかに引き攣《つ》る。

のぞき見たことを怒るべきか、恋人と一緒だと勘違いしたことにあきれるべきか迷った様子だ。

結局なにも言わずに口をつぐんだギルバートに、レオーネは訴える。

「遅い時間まで国のために働いている陛下が、ご結婚をしていない……いえ、女性と関係を持たないという一点だけで、不名誉な噂を立てられている現状を、わたしは看過《かんか》できません！　陛下だって、このままではいけないとわかっていらっしゃるのでしょう？」

「……なにが言いたい？」

「陛下がお世継ぎを残せない身体だという噂を真に受けた人間が、よからぬことを企《たくら》むかもしれません。王太后様や宰相様が本当に危惧《きぐ》しているのはそのことです」

「……」

ギルバートは答えないが、かすかに目元に皺《しわ》を刻む。

レオーネはもう一歩踏み込んだ。

「……ですが、わたしのようなただの民は、純粋に陛下のお身体や国の行く末を案じています」

そちらはさほど考えていなかったのか、ギルバートはパチッと目を瞬《またた》いた。

表情こそ変わらないが、よくよく見ればその仕草の端々《はしばし》に、ほんの少しだが感情の変化が窺《うかが》える。

レオーネはそれまで以上にじっとギルバートを見つめ、ダメ押しとばかりに言葉を紡《つむ》いだ。

「国王様が元気でいてくださらないのは、国民にとって不安なことです。ギルバート様は健康そのものに見えますが、お世継ぎを残せないのではないかという噂がもし民にまで広がれば、きっとみんな不安になるし、動揺するでしょう」

ギルバートは答えない。だが彼のまなざしからそれまでの鋭さが消えていることに気づき、レオーネは少しだけ肩の力を抜く。

だがその一瞬をギルバートは見逃さなかった。

気を緩めたレオーネに、再び鋭い視線を向けてくる。

「おまえはなぜそれほど必死になる？　そうしろと誰かに命じられているのか？」

「違います。わたし自身が、陛下のお役に立ちたいと考えているからです」

レオーネはきっぱりと答える。昼間疑われたときは驚いてしまったが、二度目ともなれば堂々と答えられた。

「なぜわたしの役に立ちたいなどと言う」

「陛下をご尊敬申し上げているからです。この国の一国民として、陛下の臣下として、わたしにできることがあるならなんでもしたいと思っています」

「わたしを尊敬……」

ギルバートは小さく呟き、なにか考え込むように口を閉ざした。

二人はしばらく見つめ合っていたが、やがてギルバートのほうがふいと視線を逸《そ》らして、一人がけの椅子に座る。そして向かいの椅子を示した。

「座れ。おまえのその熱意に免じて、再び寝室に入ったことは不問にする。代わりに、なぜわたしの役に立ちたいと思うのか説明しろ」

「は、はい」

表情こそ硬いままだが、少なくともギルバートが『話を聞いてやる』という姿勢を見せたことは確かだ。内心で「やった！」と拳《こぶし》を握りつつ、レオーネはおずおずと向かいの椅子に座った。

「少し昔の話になりますが……陛下は王太子時代に、フィディオロス領をご訪問されたことを覚えておられますか？」

「無論だ。フィディオロス将軍はわたしの幼い頃の武術の師の一人だった。その息子たちもかなりの使い手と聞き、国境と鉱山の視察も兼ねて、フィディオロス領に赴《おもむ》いた」

「そのとき、幼いわたしも、兄たちと一緒に陛下にお会いいたしました」

――それは今から八年前のことだ。

当時十五歳だったギルバートは、賢そうな顔つきのひょろっとした少年だった。

筋骨隆々《きんこつりゅうりゅう》の父や兄たちを見慣れていたレオーネは、王太子様はずいぶんほっそりしていらっしゃるのね、と驚いたことを覚えている。

そんなギルバートが兄たちに「手合わせしたい」と申し出たときには、「お兄様たちが王太子様をボコボコにしちゃったらどうしよう……！」と心配になったほどだ。

だがそれはまったくの杞憂《きゆう》であったと、すぐに知ることになった。

「王国騎士にも引けを取らなかったすぐ上の兄たちを、当時王太子だったギルバート様があっさり打ち負かしたときには我が目を疑いました。力自慢の兄たちに、陛下はそれを上回る速さで勝ったのです」

「……フィディオロス将軍家の男たちが力任せなのは、今に始まったことではない。わたしは将軍から直々《じきじき》に指導を受けていたため、そういう相手との戦い方を心得ていただけだ」

「それでも、幼いわたしには衝撃だったのです。あの大きな兄たちが、陛下の細い肩に引っかけられて、大の字になって地面に転がされるのが！」

当時のことを思い出して、レオーネは笑顔で手を叩いてしまう。ギルバートが少し驚いた様子で目を見張ったが、当時の記憶に思いを馳《は》せていたレオーネは気づかず、うっとりと目を細める。

力の強い兄たちは、どんなに重たい剣でも斧でも片手で楽々と振り回すことができた。たとえ武器がなくても、素手で充分強かったのだ。

だというのに、ギルバートにあっさり伸《の》されてしまった。次兄のセルダムなどは、負けが信じられず「今度は組み手だ！」と再び勝負を願い出ていた。

それにもギルバートは涼しい顔で応じ、結果、再びセルダムを地面にひっくり返した。続いて勝負を挑んだすぐ下の兄も、同じようにやられてしまったのだ。

当時、王国騎士として王都でギルバートの護衛をしていた長兄のゴートにだけは、ギルバートも勝てなかったが、あと数年すればわからないというところまで追い詰めていた。

それを目《ま》の当たりにしたレオーネは、驚くと同時に、やる気と興味を掻き立てられた。

「わたしは女ですから、どれほど鍛《きた》えても兄たちと同じ膂力《りょりょく》を手に入れることはできません。ですが当時の陛下は、まだ身体のできあがっていない少年でありながら、長兄と互角に戦っていたんです」

彼は自分から打ちに行くというより、相手の力を受け流し、それを利用して反撃するという戦法をとっていた。

――ギルバートの戦い方を身につけることができれば、レオーネも男性と同じように戦えるかもしれない。

そう思ったレオーネは失礼を承知の上で、ギルバートに願い出たのだ。

「『陛下の戦い方のコツを、わたしにも教えてください！』と。お帰りの時間が迫っていたのにもかかわらず、陛下はわたしの手を取って自《みずか》ら教えてくださったんです」

今と同じく、当時のギルバートも長々とお喋《しゃべ》りをするタイプではなかったので、アドバイスは簡潔なものだった。

曰《いわ》く、相手の動きを見る目を養え、人体の急所を把握しろ、力のかかり具合を見極めろ――という三つだった。

「最初は相手の動きを見る目ってなんのことかと思ったのですが、動体視力を鍛《きた》えろということだったのですね！　力に頼る騎士ほど動きは単調だから見極めやすいのだとわかって、今では兄弟との手合わせでも勝てるようになってきたんです！」

興奮に頬を染め、ぐっと拳《こぶし》を握って力説するレオーネに、ギルバートはわずかにのけ反《ぞ》りながら怪訝《けげん》な目を向けてきた。

「……フィディオロスの男どもと戦って、勝てるだと？」

「さすがに長兄や次兄には歯が立ちませんが、その下の兄とは互角に戦えます。国境を護る騎士や炭鉱夫とも、打ち合いでは力負けしますが、相手の攻撃をよけたり流したりすれば充分戦うことができます！　昼間の鍛錬場でも、陛下はそのようにして騎士たちと戦っていましたよね？」

大好きな武術の話になると、レオーネもつい饒舌《じょうぜつ》になる。キラキラしたまなざしで見つめられたギルバートは、渋面《じゅうめん》ながら頷いてくれた。

「……わたしには様々な騎士や将軍が指南役についている。フィディオロスのような大男が向かってきたときの対処法として習った動きに、自分なりに手を加えただけだ」

「いいえ！　それまでは兄たちに打ち負かされてばかりでしたが……陛下にコツを教わったおかげで、対等に戦えるようになったのです。あのときいただいた助言には、今も深く感謝しています」

そのことをきっかけに、レオーネはギルバートへ尊敬の念を抱くようになったのだ。

彼が自分の時間を割《さ》いてまで、レオーネに向き合ってくれたことが嬉しかった。

「小さな女の子が剣を持って強くなりたいと訴えても、大抵の大人は笑って『女の子は、そんなふうにならなくてもいい』と相手にしないものです。けれどギルバート様はわたしを笑うことなく、お付きのひとを制してまで、強くなるコツを教えてくださいました。それが幼心にどれほど嬉しかったか……」

「……よく覚えていないが、そのときのおまえが熱心に頼み込んだのなら、その熱意に動かされたのだろう」

ちょうど今のように、とぽつりと呟いたギルバートに、レオーネは思わず満面の笑みを浮かべる。

「だとしても、足を止め真摯に向き合ってくださったのは陛下の優しさにほかなりません。それ以来、わたしはずっと陛下を尊敬しております。そして、いつかご恩をお返しできたらと……それこそ、王国騎士になって、陛下のために、この国のためにお仕えできればと思って、王都へきたんです」

「王国騎士だと？」

さすがに驚いたのか、ギルバートが聞き返してくる。

レオーネは急に照れくさくなった。

「はい。お妃選びの舞踏会は、わたしのような者が出たところで、陛下のお目に留まることはないと思っていて……それより王国騎士の入団試験に合格する確率のほうが、ずっと高いと考えていたのです」

そしていつか王国騎士となり、直接ギルバートから剣を授けてもらうことを夢見ていた、とレオーネは白状した。

「思いがけずお妃候補としてお城に上がることになりましたが、わたしの考えは今も変わっていません。ギルバート陛下のお役に立ちたい――その一心です。そして、お妃候補であるわたしが今、陛下のためにできる一番のことは、陛下にまつわる噂を払拭《ふっしょく》することだと思ったのです」

それまでの笑顔を消し、レオーネは真面目な面持《おもも》ちでギルバートをまっすぐ見つめた。

膝の上で緩く指を組んで話に耳を傾けていたギルバートは、レオーネの言葉の意味するところを悟り、再び雰囲気を硬化させる。

「つまり、自分を王妃にしろと言いたいのか？」

「そうではありません。なにか理由があってお妃様を迎えられないのであれば、とりあえず不本意な噂を払拭《ふっしょく》するために、わたしを役立ててくださいと申し上げているのです」

鼻の上に皺《しわ》を作るギルバートに、レオーネはきっぱり答えた。

「婚約者としてお城に滞在しているわたしが、陛下の寝室に出入りし、寝台の敷布に……その……行為の痕《あと》が残っていれば、勝手に女官たちがそれを広めてくれるでしょう。そうすれば今出回っている噂は払拭《ふっしょく》できるはずです」

胸を張って告げるレオーネに、ギルバートは一つため息をついた。

「……なるほど。言いたいことはわかった。だがその理屈で言うと、わたしが身体的に問題ないことがわかれば、おまえは用済みということになる。女よけとして、王妃を迎えるまではいてもらうかもしれないが……結果的に国王の婚約者の座を追われ、純潔も失ったとなれば、この先おまえが誰かに嫁ぐことは難しくなるとわかっているのか？」

純潔を失う、という彼の言葉にレオーネはドキッとした。

処女ではなくなるということではなく、ギルバートとそういう行為をする、ということを思い浮かべて、思わず動揺したためだ。

だがそれを悟られては、はしたない女だと思われかねない。レオーネは軽く咳払いをして、真面目な表情に戻った。

「実はここへくる前、十三人ほど求婚者が現れたのですが……その全員と決闘をして打ち負かしてしまって。おかげですっかり『フィディオロス将軍の娘はじゃじゃ馬だ』という噂が立ってしまいました。なので今回のことがなくても、わたしが誰かに嫁ぐことはきっとないだろうと思います」

「十三人と決闘して打ち負かした……」

さしものギルバートも唖然とした顔をしていた。

それはそうだろう。求婚者を決闘で追い返す令嬢など、規格外にもほどがある。

「自分より弱い相手に嫁ぎたくなかったもので。ですから、ここでのお役目を終えた暁《あかつき》には、予定通り王国騎士になるか、それが無理でも、領地に戻り民を護って過ごすつもりです」

だから自分のことについては心配無用だ、とレオーネはにっこりと微笑んだ。

「まだほかに、陛下が女性を側に寄せない理由があるなら、教えてください」

「理由……？」

「そうでないと、王太后様も宰相様も、わたしを陛下の寝室に送り込むことを絶対にやめないと思うので。陛下に女性と共寝《ともね》したくない明確な理由があるなら、それを教えて差し上げたほうが双方のためと思うのです。違いますか？」

「……」

ギルバートはしばらく苦虫を噛み潰したような顔をしていたが、やがてふーっと長いため息をついた。

「……そのような大仰《おおぎょう》な理由はない。単に今は国政に集中したいから、王妃選びを後回しにしていたというだけだ」

「国政に集中……」

「先王が病に倒れたのは、わたしが十八のときだ。当時はまだ成人前ということで、国政への参加が思うようにできず、昔からの重鎮の意見ばかりが尊重された。その結果、王宮内を年寄りやそれにおもねる連中が闊歩《かっぽ》するようになった。詐欺《さぎ》や横領が横行し、民の血税を無駄に垂れ流す事態が引き起こされた」

苦り切ったギルバートの言葉を聞き、レオーネは思わず胸に抱いたままの文書の束を見下ろした。

そこには細かく地名や数字が書かれていた。領地では義姉《あね》とともに帳簿付けなども行《おこな》っていたので、レオーネはすぐにそれが税収に関わるものであると悟る。

（さっきの密偵たちが舞踏会の夜、陛下になにかを渡していったのって、もしかして重鎮たちの横領の証拠だったとか……？）

レオーネが考え込んだ隙に、すかさずギルバートは文書の束をひったくる。

レオーネは取り返そうとはせず、ただギルバートの瞳を見つめて続く言葉を待った。

「王宮はここ五年ですっかり腐ってしまった。だから今は一刻も早く、王宮にはびこる膿を出し尽くす必要がある。……王妃を選ぶのは、少なくともそれらのことが落ち着いたあとでと思っていたのだ。このような状況で選んだところで……正直、気にかけてやれる余裕がないからな」

苦り切ったギルバートの声に、レオーネは思わず、まぁ、と声を漏らしそうになる。

（それって裏を返せば、王妃となられる方のことを、きちんと護って大切にしたいと思っている証拠よね？）

なんという生真面目さ……！　レオーネは深く感動する。

『女性を大切にする』というのは騎士の心得の一つでもあるが、ギルバートは国王の地位にあっても、騎士道に忠実でいようとしているらしい。

（ますます尊敬の念が深まっていくわ！）

思わず両手を組んでキラキラしたまなざしをギルバートに向ける。ギルバートは鬱陶《うっとう》しそうに眉を顰《ひそ》めた。

「それに妃候補として上がってくる女が、全員王妃となるのを望んでいるわけではない。わたしに近づきよからぬことを企《たくら》む輩《やから》もいるだろう。暗殺とかな。そんな奴らにいちいち付き合っている暇などない。面倒だ」

「暗殺ですか……」

それは確かに厄介《やっかい》だ。昼間は隙のない騎士でも、夜……特に女性と寝台に入るときには、どうしたって油断することもあるだろう。

ギルバートに限って色に溺《おぼ》れることはないと思うが、行為の最中に無防備になるのはどうしようもないことだ。

(なるほど。そういったことも警戒して、これまで誰とも寝台をともにしなかったわけね)

それが結果的に、男色や不能といった噂を生むことになったのだ。そのあまりの理不尽さに憤《いきどお》りが湧いてくる。

レオーネはその思いのまま身を乗り出し、ギルバートに直談判した。

「わたしは絶対に陛下を裏切るような真似はいたしません。父フィディオロス将軍の名にかけて誓います。ですから陛下、やはりわたしを使って男色と不能の噂を一掃しましょう！」

「馬鹿なことを言うな。根も葉もない噂を消すためだけに、おまえはわたしに純潔を差し出すと言うのか？」

「わたしは馬鹿なこととは思いません。──むしろ陛下のほうが、及び腰になっているのではありませんか？」

「なんだと？」

侮辱されたと思ったのか、ギルバートの声に不穏さが混じる。

思わず震えそうになったレオーネは、一度深呼吸して気持ちを調えた。

ギルバートを説得できるチャンスは、きっとこの機を逃したら巡《めぐ》ってこない。

なんとしてでもその気になってもらうために、彼女はあえて挑発的な言い方を選んだ。

「だって、そうでしょう？　自分で言うのもなんですが、わたしのような都合のいい存在はほかにいないと思います。なのに、なんだかんだと理由をつけて手を出さないなんて……もしかして陛下は本当に不能なのですか？　だからこのように言われっぱなしになっても——」

レオーネの言葉は唐突に終わった。身を乗り出してきたギルバートが、大きな手で彼女の口を覆《おお》ったせいだ。

「ぺちゃくちゃとうるさい口を閉じろ。わたしは騒がしい女は嫌いだ」

「……」

「……後悔しないんだな？」

突然のことに驚き硬直していたレオーネは、ギルバートの強いまなざしに見つめられ、全身が跳ね上がるのを感じる。

大きく息を呑んだレオーネは、言葉を出せぬまま、こくりと頷いた。

ギルバートは立ち上がると、レオーネを横抱きに抱え上げる。

「へ、陛下……」

「今更やめたいというのはなしだ」

きっぱり言い切って、ギルバートは寝台に直行する。そしてレオーネを小麦の袋でも落とすようにどさっと降ろした。

「それとも、怖《お》じ気《け》づいたか？　先程まで威勢よく吠えていたくせに」

「そ、そんなことは……！」

「あるいは、実はおまえは暗殺者で、わたしの息の根を止める瞬間を見極め始めたか――」

「ですから、わたしは陛下の臣下です！　暗殺など考えたりしません！」

いきなり寝台に放り投げられた挙げ句、そんな疑いをかけられるなど心外だ。レオーネは声を張り上げた。

「お疑いなら、わたしが武器を持っているかどうか、お調べになったらよろしいのでは⁉」

「そうさせてもらおう」

意外とあっさり頷いたギルバートは、いきなりレオーネのガウンを剝《は》ぎ取った。

乱暴ではないが丁寧とも言いがたい勢いでガウンを奪われ、レオーネは危うく「なにをするのですか！」と言いそうになる。

だが、敵意があると思われては振り出しに戻りかねない。下唇を噛んで、なんとか恥辱《ちじょく》に耐えた。

ガウンに続き夜着も脱がされて、あっという間に丸裸にされてしまう。

「衣服にはなにも仕込んでいないようだな」

レオーネの衣服を床に捨てて、ギルバートがガウンを脱いで寝台に上がってくる。

「だが、女の身体には隠し場所が多い」

ぐっと顔を近づけられて、レオーネは胸中で叫びそうになる。

疑われている状況でのんきなものだと思うが、やはり憧れのギルバートと鼻先がふれ合う距離にいることに、ときめかずにはいられない。

「陛下、あの」

「黙っていろ」

短く呟くなり、大きな手でレオーネの顎《あご》を固定して、唇を重ねてくる。

いきなり口づけられるとは思っていなかったレオーネは、全身を硬直させ言葉を喉の奥へ呑み込んだ。

「んっ……ふ……？」

かすかに開いた唇の隙間から、なにかがするりと口腔《こうこう》へ入ってくる。生温かくぬるつくそれがギルバートの舌だとわかった瞬間、衝撃のあまり一瞬意識が飛びそうになった。

「……口の中にもなにもないようだ」

ギルバートの呟きにも、放心状態のため反応できない。

だが大きな手で胸の膨らみを鷲掴《わしづか》みにされ、やわやわと揉まれたときにはびくっと肩が跳ねた。

「あ、あ、や……っ」

「黙っていろと言ったはずだ。今更嫌がってももう遅い」

「い、嫌がっている、わけではなくて……っ」

遠慮なくさわられて恥ずかしいやら、思ったより熱い手のひらにびっくりするやらで、どうしても声が出てしまうのだ。

他人に胸の膨らみを揉まれるのは妙な感覚だったが、頂《いただき》を指先でくにっと押されると、強い疼《うず》きが背筋を走って身体が跳ねた。

「ひあっ……」

「こんなところには、なにも仕込めないか」

「ま、待って、陛下……く、くすぐったすぎて……っ」

親指の腹でわずかに勃ち上がった乳首をくにくにと擦られ、レオーネはそこから湧き上がる感覚に背筋をゾクゾクと震わせる。

印象としては強い掻痒《そうよう》感という感じだが、なぜだか下腹の奥のほうがうずうずして、自然と息が上がってきた。

「ひっ……両方は、駄目ですって……！」

そのうち、もう一方の膨らみも手でこねられ、頂《いただき》を指先でいじられる。親指で擦り上げたり、

二本の指先でつまんだり、絶えず刺激を与えられて、レオーネはあっという間に耳まで赤くなった。

「これだけでそんなふうになっていては、最後までできないぞ」

「そんなことを言われても……あんっ！」

唐突に指とは違う刺激を感じて、レオーネは甲高い声を上げてしまう。

慌てて胸元を見てみると、ギルバートの綺麗な顔がレオーネの左の乳房の上にあった。さらに乳首に彼の唇が寄せられているのに気づいて、思わず変な悲鳴が出る。

「な、ど、どこを食べようと……、きゃっ！」

答える代わりに、芯を持ち始めた乳首をジュッと音が立つほど強く吸われる。指より強い刺激に、身体が一気に熱くなった。

「や、ぁ、だめ……っ、吸わな……、舐《な》めないでぇ……！」

頂《いただき》を吸うだけではなく、乳輪ごと口に含み乳首を舌先でコロコロ転がされて、レオーネの心臓が今にも飛び出しそうなほどバクバクと音を立て始める。

ギルバートは反対の乳首も同じように刺激してきた。

それまで慎ましかった乳首はすっかり勃ち上がり、濃く色づいて濡れ光っている。

目を覆《おお》いたくなるような淫《みだ》らさに涙が浮かんできた。

「薄い紅色だったのが、吸うだけでここまで色づくのか。悪くない」

唾液で濡れた唇を舌先でぺろりと拭《ぬぐ》って、ギルバートが呟く。

すっかり息を切らしているレオーネとは対照的に、ギルバートは涼しい顔だ。そのことが余計にレオーネを居たたまれなくさせて、思わず両腕で顔を隠した。

「ここも、なにもないだろうな？」

「ひゃっ……！」

今度は臍《へそ》を舌先でつつかれて、レオーネは再びびくりと身体を跳ねさせる。

するとそれを見たギルバートは、舌先を臍《へそ》のくぼみに差し込み、中をえぐるように動かし始めた。

「いやっ……あ、はぁ……っ」

まさかそんなところが乳首と同じくらい気持ちいいなんて、思ってもみなかった。

臍《へそ》を彼の舌でえぐられるたび、身体の奥がじんじんと熱くなりじっとしていられない。

なのに、ギルバートはもっと乱れろとばかりに、未だ芯を持ったままの乳首を指先でつまんで、くりくりと擦り立ててくるではないか……！

「や、やだ……、んっ、いやです、そんな……、何ヶ所も……駄目、ですってぇ……！」

敏感な場所を擦られたり、舐《な》められたりするたびに、身体の奥にじんじんした疼《うず》きが募《つの》っていく。

身体が熱くて、噴き出した汗で髪が首筋に張りつくほど、全身が昂《たかぶ》っていた。

これ以上されたら、国王であるギルバートにとんだ粗相《そそう》をやらかしてしまう気がする。湧き上がる危機感にレオーネは涙目になった。

「こら、逃げようとするな。わたしに抱かれて、噂を払拭《ふっしょく》するのではなかったのか？」

「そうですけど……！　そ、それだけなら、こんな、あれこれ……きゃうっ……、し、しなくても、いいと思います、が……、ふあぁああ……！」

ぴちゃぴちゃと音を立てながら臍《へそ》を舐《な》められ、レオーネは弱々しく悲鳴を上げた。

同時に乳首をきゅっと強くつままれて「ひっく」と、しゃっくりのような声が、喉の奥からひとりでに漏れる。

「臍《へそ》にもなにもなかったな」

「……あ、あるわけ、ないじゃないですか……、隠そうにもどうやって……、きゃあっ」

はぁはぁと乱れた息を整えていると、ギルバートの両手がレオーネの膝にかかり、あっという間に足を大きく開かされる。恥ずかしい部分が丸見えになってしまい、さすがにレオーネも怖《お》じ気《け》づきそうになった。

「へ、陛下……っ」

「あと確認するところがあるとしたら、ここだな」

「な、ど、どこ……ひゃあっ！」

ギルバートの指先が、足の付け根にふれてくる。不浄のときくらいしか意識しないそこを、異性の……それも国王陛下の指先でついっと撫で上げられて、あまりの衝撃にレオーネは再び硬直した。

「そのままおとなしくしていろ」

「……え、え？　陛下、まさか、待っ……、ぁあああん！」

待って、と声をかける暇もなかった。

レオーネの足のあいだに頭を埋《うず》めたギルバートは、あろうことか、かすかに震える陰唇のあわいを舌でれろっと舐《な》め上げたのだ。

（こんなところまで舐《な》めるなんて聞いていない……！）

羞恥《しゅうち》と緊張が極限まで高まって、レオーネはパニックに陥《おちい》りそうになる。

「や、やだ、陛下、いやです……！」

「そんなに嫌がるということは、ここになにか隠しているのか？」

「隠してなんて……っ、ひぁあっ、あ、あぁ……っ」

レオーネが首を振った途端、再びそこをギルバートに探られる。尖らせた舌先を蜜口に入れかすかに震わせたり、その上に息づく肉芽のほうへ唇を近づけたり――

「いやぁあああ……！」

包皮に包まれたそこを、乳首にしたのと同じようにジュッと吸われて、レオーネは細い悲鳴を上げた。乳首を吸われたときの比ではない、灼《や》けるような快感を覚えて、腰が砕けそうになる。

「あ、あ、あっ……」

「力を抜いて、わたしに身を委《ゆだ》ねていろ。痛くはしない」

「い、痛いほうがいい……っ。こんな、変になる……！」

剣も乗馬もこなしてきたおかげで、痛みには慣れている。

だが、こんな身体が奥底から溶けてしまいそうな快感は初めてなのだ。

気を抜くとなにかが溢《あふ》れてくるような感覚に、全身を小刻みに震わせた。

粗相《そそう》をしてしまったらどうしよう、気に障ることをしてしまったらどうしようと、レオーネは気が気でない。

しかし、絶え間なく敏感なところを攻められ続けると、あっという間に身体が快感に引きずられ、気持ちよさに溺《おぼ》れてしまいそうになる。

「は、あぁあ、へい、か……、も……、んぅう……っ」

ピチャピチャと音を立てながら蜜口を舐《な》められ、なんだか身体中がふわふわとしてきた。

だが気まぐれな舌にペロッと花芯を舐《な》め上げられ、悲鳴を上げるほど反応してしまう。危うく腿でギルバートの顔を打つところだった。

「確かに、じゃじゃ馬だな」

どこか楽しげに呟いて、ギルバートが大きな手でレオーネの太腿を抱え込んだ。

大きく足を広げられた状態で身体を固定されてしまい、もはやレオーネはされるがままだ。

花芯ばかりを執拗《しつよう》に攻められ、レオーネは「あ、あ、あ」と切れ切れの声を漏らすことしかできない。

「だ、だめ、だめぇ……そこ……、熱いの……！」

繰り返しそこを刺激されるうちに腰の奥が熱くなって、お尻が徐々に敷布から浮き上がる。

開きっぱなしの唇から、知らず唾液がこぼれそうになっていた。

「も、ぅ……、だめぇぇえ……ッ！」

いよいよこらえきれなくなって、レオーネはか細い悲鳴を上げる。

それと同時に、ギルバートに強く花芯を吸い上げられて、溜まりに溜まった快感が身体の奥からどっと溢《あふ》れた。

「ふぁぁあああ……ッ！」

熱いなにかが指先まで溢《あふ》れていく感覚に、レオーネは為す術《すべ》もなく呑み込まれる。

頭が真っ白になるほどの快感に、身体中がガクガクと大きく震えた。

いつの間にかギルバートの手から解放された足が、だらしなく寝台に投げ出されている。だが初めての絶頂にすっかり息が上がってしまったレオーネは、足を閉じるどころか、指一本動かすのも億劫《おっくう》な状態だった。

「はぁ……、はぁ……、っ、はぁ……」

胸を何度も上下させながら、レオーネはぼんやりと目を開く。

身体中が心地よい疲労感に包まれていて、ちょっと気を抜くとこのまま眠ってしまいそうだ。

ぼうっとする視界の中で、ギルバートが夜着に手をかけ脱ぎ捨てるのが目に入る。

「身体にはなにも仕込んでいなかったようだな。疑ってすまなかった」

とりあえず暗殺の疑いは晴れたようだ……。レオーネはほっとする。

だが息を整える間もなく、ギルバートが再び覆《おお》い被さってきた。

「へい、か……」

「大丈夫だ、よく濡れている。そのまま息を吐いておけ」

(濡れている……?)

どういうことだろうと首を傾《かし》げていると、再びギルバートに太腿を掴まれ、先程以上に大きく広げられた。

「ふあっ……、ん、あぁあっ……!」

蜜口になにかふれたと思ったら、それがするりと奥まで入り込んでくる。突然の異物感に、レオーネはきゅっと眉根を絞った。

「一度達したから、膣内《なか》が敏感になっているようだな……」

ギルバートは小さく呟きながら、レオーネの中に入れた指をかすかに曲げる。

指の腹でお臍《へそ》の裏あたりを擦られた瞬間、霧散しかけていた快感が一気に戻ってきて、レオーネはびくびくと腰を跳ね上げた。

「あ、あ、い、いまは、さわっちゃ……っ、あぁああ……!」

再びなにかが溢《あふ》れてきそうになって、レオーネは背をしならせていやいやと首を横に振る。

ギルバートはそれに構わず、膣内の膨らんだ部分を小刻みに刺激した。レオーネが再び嬌声《きょうせい》を上げて腰を浮かせたところで、指を引き抜く。

長い指が出て行くとともに、とろりとした粘性の液が糸を引いてこぼれる。

いきなり空洞になった膣壁が無意識のうちに震えていた。

直後、内腿にギルバートの熱い皮膚がふれてきて、レオーネはこくりと唾を呑み込む。

「そのまま力を抜いていろ。ゆっくり、息を吐け」

短く命じるなり、ギルバートはぐっと腰を押しつけてきた。

蜜口にピタリと当てられていたなにかが、狭い入り口からぐっと押し入ってくる感覚に、レオーネは身体を強張《こわば》らせる。

「あ、あぁあう……！」

それまで夢見心地でふわふわしていた感覚が一変した。

狭いところを無理矢理押し開かれる痛みに、レオーネは思わず身体に力を入れてしまう。

だが、すぐにギルバートの言葉を思い出し、詰めていた息をはぁっと吐き出した。

痛みには慣れている——と思っていたが、鍛錬で受ける痛みとはまったく別種のもののために、これまでの経験はまるで通用しないみたいだ。

（いや、痛みはこらえられるとしても……すごく、変な感じ……！）

とはいえ、痛みのおかげで少し頭がはっきりしてきた。

好奇心からチラッと下肢に目をやったレオーネは、自分とギルバートの下肢がいきり立った肉竿によって繋がっているのをバッチリ目撃してしまい、ボッと首まで真っ赤になる。

「うわ、ぁ……っ」

「……そんな蛇《へび》か蛙《かえる》でも見たような声を出すな」

「あ、す、すみませ……」

とっさに顔を上げたレオーネは、大きく息を呑んで黙り込む。

寝台に手を突いて覆《おお》い被さっているギルバートは、目元を赤く染め、全身に汗を掻いている。

はぁ、と熱い吐息を吐き出すその姿は、信じられないほど色っぽくて、つい穴があくほど見つめてしまった。

「……そうまじまじ見るな」

「す、すみません。なんて、綺麗なひとなんだろうと思って……」

「……」

なぜかギルバートの眉間の皺《しわ》が深まる。

なにかまずいことを言っただろうか、とレオーネは不安に思うも、ギルバートはなにも言わず、腰を引いてすぐにずんっと押しつけてきた。

「きゃうっ……！」

膣壁が擦られる痛みより、互いの恥骨がぶつかるほど深く押し込められた衝撃の強さに、レオーネは潰れた子犬みたいな声を上げる。

「無駄口を叩く余裕があるなら、遠慮はいらないな」

「ま、待って待って、そんなに……っ、あ、あぅ、……激し……っ、んあぁあ……！」

足を抱えられ、膝が胸につきそうなほど折り曲げられる。その状態で真上から肉棒をずんずんと突き入れられて、レオーネは苦しさと、ひりつくような痛みに眉を顰《ひそ》めた。

だがギルバート曰《いわ》く『濡れている』らしい膣壁は、擦られるたびにじんじんと疼《うず》き、レオーネの身体を再び熱く昂《たかぶ》らせていく――

「あ、はぁ、あ、やぁ……、なにか……、あ、熱くて……っ、んっ……」

長い肉竿が押し込められるたび、最奥《さいおう》がじりっと灼《や》けるように熱くなる。反対に抜けていくときは、喪失感で身体中が浮き上がるような感覚を覚えた。

そうして、絶えず与えられる刺激にレオーネは否応《いやおう》なく翻弄《ほんろう》される。

抽送《ちゅうそう》のたびに蜜が外に掻き出され、繋がったところからぐじゅぐじゅと淫猥《いんわい》な水音が響く。それが余計にレオーネの羞恥《しゅうち》を煽《あお》って、生理的な涙が浮かんできた。

「なめらかになってきたな……。感じているのか？」

ギルバートもかすかに息を切らしながら、はぁはぁと喘《あえ》ぐレオーネに問いかける。

レオーネはそれに答える余裕もなく、頭を振るだけで精一杯だ。なにかすがりつくものがほしくて、ギルバートの腕をぎゅっと掴んでしまう。

「はぁ、あぁ、はっ、ひぅ……っ、ん、んぅ、んあっ……！」

喘《あえ》ぐばかりになったレオーネは、再び身体に渦巻き始めた快感に溺《おぼ》れていく。

ギルバートは片腕でレオーネの腰を抱え込み、ぐっと自分に引き寄せた。そのまま身体を倒し、レオーネの唇に食らいついてくる。

「んむっ……、ふぁ、ンン……！」

熱い舌に口内を貪《むさぼ》られ、レオーネは惑乱しながらも、無意識に自《みずか》らの舌を絡ませる。互いの粘膜をヌルヌルと擦り付け合ううち、頭の芯まで痺《しび》れたように熱くなった。

「ふぅ、ああ、はぁ、あぁンン……っ」

羞恥《しゅうち》や身分といったすべてが脳裏から追いやられ、反《そ》り返った肉竿が膣壁を擦る感覚だけに集中していく。

痛みはほとんど感じなくなり、灼《や》けるほどの熱さと快感に、身体中が支配されていた。

「も……、も、だめぇ……っ、ひぅ、ンン……ッ！」

レオーネが震える声を漏らすと、ギルバートもかすかに息を詰めて、抽送《ちゅうそう》をいっそう激しくする。されるがまま身体を揺さぶられていたレオーネは、ギルバートの腰がぐっと押しつけられるのを感じた。

次の瞬間、お腹の奥にじんわりとした熱さが広がる。

「んぁっ、あああ、あぁあ――……ッ！」

とても自分の声とは思えない甘い悲鳴を上げて、レオーネはギルバートの腕の中でビクビクと激しく震えた。

ギルバートも奥歯を噛みしめて、最後の一滴まで注《そそ》ぎ込もうと腰を揺らしてくる。

力強い腕と、身体にかかる重みが心地いい……

自分を包み込むギルバートの身体の熱さに、レオーネはうっとりと目を伏せる。

しばらくして、ギルバートがまだ少し息を乱しながらも、敷布に手をついて起き上がろうとする。

ふとその腕に目を向けたレオーネは、たちまちぎょっと目を見張った。

「っ……！　す、すみません、わたし、陛下の腕に傷をっ……」

いつの間にか掴まるだけではなく、ギルバートの肌に爪を立ててしまっていたらしい。

血こそ出ていないが、くっきり残る爪の痕《あと》に血の気が引いて、レオーネは慌てて起き上がった。

「も、申し訳ありませんでした……！」

「この程度の痕《あと》、怪我でもなんでもない。気にするな」

そう言いながら、ギルバートはレオーネの肩を掴んで再び寝台に横にさせる。そして毛布を引っ張り上げて、彼女の身体にふわりと被せた。

「今夜はここで休め。まだ力が入らないだろう」

「い、いいえ、そんな、恐れ多い……！　部屋に戻りま――ふぎゃっ」

飛び起きたレオーネは寝台を下りようとするが、力の入らない足に毛布が絡まり、顔から敷布に突っ伏してしまった。

「さっさと寝ろ。うるさい女だ」

「い、いえ……っ、わたしがここで寝ては陛下が眠る場所が。わたしは床でも寝られますが、陛下はきちんと寝台で」

「ああ、わかったわかった」

はぁ、とため息をついたギルバートは、おもむろに毛布の中に入り込んでくる。そして端に寄っていたレオーネをぐっと引き寄せ、二人して寝台の中央に横になった。

「へ、陛下……！」

「一緒に寝ればいいんだろう。それに、こうしていれば朝起こしにきた侍従が、女官やら母上やらに勝手に報告してくれるだろうさ」

――確かに、女官が敷布を見るより早く情報が広まるだろうけれど……

（は、恥ずかしすぎる――！）

ついさっきまで、これ以上ないくらい濃密に身体を繋げていたというのに、添い寝のほうが恥ずかしいなんて思わなかった。

レオーネは首まで真っ赤に染めて、再び速くなってきた心音を意識する。

「と、とても寝られません……！」

「寝ろ。わたしは寝る。どうしても寝られないなら、夜通しわたしの護衛でもしていろ」

「はっ、護衛」

なるほど、それなら陛下の寝所で夜を明かすことになっても耐えられそうだ。

ならば護衛らしく寝台の傍《かたわ》らで待機しようとしたのだが、腰に回るギルバートの腕の力が思いのほか強くて抜け出せない。

「へ、陛下、あの、手を離して……」

「……」

ギルバートは答えない。それどころか安らかな寝息を立てている。なんという寝付きのよさだ。

(うぉおおお、落ち着かないぃいいい……！)

彼の寝息が鼻先をくすぐる距離だけに、レオーネはなんだか泣きたくなってしまった。

(と、とにかくわたしは、不寝番《ふしんばん》として陛下の眠りを護ればいいのよ……)

自分の身体を包むギルバートの体温や腕の強さを義務感で遮断すべく、レオーネは必死に気を張り続ける。

だが初めて経験した情事により、身体は思いのほか疲れていたらしい。

いつしか意識がぼんやりとし始め、何度かハッと我に返るものの、結局睡魔にあらがうことができず——深夜を過ぎる頃には、レオーネはすやすやと眠りに落ちていたのだった。

「……変わった娘だな」

レオーネがすっかり眠り込んだのを確認して、ギルバートはぽつりと呟いた。

そっと腕の中をのぞき込むと、窓から入る月明かりに照らされた穏やかな寝顔が見える。

豪傑と称されるフィディオロス将軍の娘にしては、可愛らしく整った顔立ちだと思った。将軍と似ているところがあるとすれば、鬣《たてがみ》のようなふわふわの金髪くらいだろうか？

暗がりだと茶色く見えるが、昼間鍛錬場で見た彼女の髪は、薄い金色に輝いていた。

王妃選びの舞踏会という、ギルバートからすれば『余計なお世話』でしかない夜に出会った彼女は、密偵と連絡を取るギルバートに対し、ひるむ様子もなく木の枝を突き付けてきた。

暗殺や妨害を企《たくら》んでいるにしては、あまりに真正直だ。

フィディオロス将軍の娘であることは彼女の兄により証明されたが、もしかしたらレオーネ個人が誰かに雇われている可能性もある。ギルバートは母の企《たくら》みに乗るふりをして、彼女を王宮に滞在させ、密かにその身辺を調査させていたのだ。

しかし、結果は白。

彼女は本当に、王妃選びの舞踏会にやってきただけの娘とわかった。

ならば女よけとしてそのまま王城に置いておこうかと思ったが、しつこく迫ってくるのにはうんざりした。あの豪放磊落《ごうほうらいらく》な将軍の娘であっても、やはり女というのは権力者に媚《こ》びを売るのかと、あきれ返ったくらいだ。

だから母親たちの思惑を感じながらも、ぞんざいに扱っていたのだが……

「まさか、わたしの噂を一掃したいから関係を持てとはな……」

いったいなにを考えているのか、と言いたくなるような台詞《せりふ》だった。

どう考えても彼女にはなんの得もない。純潔を奪われた挙げ句に城を追い出され、国王に捨てられたという悪評までついてくるのだ。

それなのに彼女は、自分のことは心配いらない、自分よりギルバートが悪く噂されるほうが許せないのだと言った。

（わたしを尊敬しているというだけで、まさか本当に純潔を差し出すとは……）

チラリと毛布をめくると、敷布に点々と血の痕《あと》が残っている。

初めての行為は恐ろしかっただろうし、痛みもあっただろう。だが彼女は、最後までギルバートに身を委《ゆだ》ねた……。

「これが、わたしを落とすための手管《てくだ》だとしたら、見事なものだな」

ギルバートは感情を表に出さないようにしているだけで、感情がないわけではない。

文字通り、体当たりで挑んできたレオーネに、心を揺さぶられずにはいられなかった。

生まれたときから権謀術数《けんぼうじゅっすう》はびこる王宮で暮らしているだけに、裏表なくまっすぐにぶつかってくる存在が、どうしようもなくまぶしく映ってしまう。

「……まったく。こちらの気も知らず、のんきなものだ」

すぅすぅと平和そのものの顔で眠るレオーネに独りごちて、ギルバートはふわふわの金髪をそっと撫でた。

およそ陰謀や悪行とはほど遠い、太陽のような輝きを持ったこの娘なら、ともに歩いて行くのも悪くないかもしれない。

そんなことを考えながら、彼女の細い肩に毛布を引き上げ枕に頭を預ける。

（たまには、女の柔らかな肌を感じて眠るのも悪くない）

未だに経験がないと勘違いされているようだが、それなりに閨《ねや》の経験は積んでいる。詮索《せんさく》好きの母やほかの貴族たちに知られると面倒なので黙っているだけだ。

実際は遠征先などで一兵卒になりすまし、欲求を満たしたりしていた。

この娘を抱いたことで、男色だの不能だのというくだらない噂も払拭《ふっしょく》されるはずだ。自分を煩《わずら》わす事柄が一つ減ることについては単純に喜ばしく、この娘に感謝するところだろう。

そう考えながら、ギルバートはしっとりと汗ばんだレオーネの身体を抱き寄せた。

鬣《たてがみ》のような髪に鼻先を埋《うず》めると、寝ぼけた彼女が身をすり寄せてくる。

庇護欲をそそられる姿に、ギルバートは自然と柔らかな笑みを浮かべるのだった。

第三章　臣下としての務め

ピチチ……、と小鳥のさえずりが聞こえる。

それを合図にパチッと目を覚ましたレオーネは、見覚えのない天井に「おや？」と思った。

「わたしったら、いったいどこで眠って……」

「目が覚めたか？」

「ひぇっ⁉」

起き上がった直後に声をかけられて、レオーネは文字通り跳び上がった。

「へ、へ、陛下……！」

そこにいたのは、すでに着替えを終えたギルバートだった。

彼はレオーネの全身にざっと目を走らせると、手にしていた女性用の夜着とガウンを渡してくる。

「起きたのなら着替えろ。風邪を引く」

「え？　——うきゃあっ！」

自分が素っ裸でいることに気づき、レオーネは悲鳴を上げる。慌てて胸元を隠して背を丸めると、ギルバートが天蓋《てんがい》から下がるカーテンをさっと引いてくれた。

「十数えるあいだは待ってやる」

すぐに「一……二……」と数え始めるギルバートの声を聞いて、レオーネは慌てて毛布を撥《は》ねのけ夜着を頭から被った。ちょうどガウンの帯を締めたところで、ギルバートのカウントが終わった。

「隣室に朝食が用意してある。ついでだから、おまえも同席しろ」

「え、え？　朝食ですか？」

寝起きでボサボサの髪のまま国王陛下と朝食……と思うと、恥ずかしいのと恐れ多いのとで縮こまってしまう。だがギルバートは特段気にしていないらしい。

「おまえには噂の払拭《ふっしょく》に役立ってもらうと同時に、これまで同様女よけとして王城にいてもらうことにした。わたしがおまえを寵愛していると噂されるようになれば、そこに割って入ろうとする令嬢はいなくなるだろう？　近づいてくるとすれば、愚か者か、企《たくら》みのある者だけだ。わたしとしても、それがわかっていたほうが動きやすい」

「はぁ……」

レオーネはぱちくりと瞬《まばた》きをする。

寝起きの頭はまだ上手《うま》く働いていないが、一夜にしてギルバートの考えがずいぶん変わったことだけはわかった。

どうやら彼は、レオーネを遠ざけるのではなく、効果的に利用することにしたらしい。

それはレオーネとしても望むところだったので、否やはなかった。

「その手始めとして、朝食をともにしろ」

「わかりました……」

寝台から下りたレオーネは、髪を手で押さえつつギルバートのあとを追った。その途端、下腹部が月のもののときみたいにキリキリ痛むのに気づく。

足のあいだにはなにかが挟まったような違和感もあった。

レオーネはこくりと唾を呑み込む。

（わたし本当に、陛下と、その……しちゃったんだわ……）

改めて意識すると、恥ずかしいやら気まずいやら……無言のまま真っ赤になってしまう。

そんなレオーネをどう思ってか、ギルバートは一度振り返って、まじまじと彼女の全身を見つめた。

「身体は大丈夫か？」

思いがけず優しい言葉をかけられ、レオーネは驚いて目を見開いてしまう。

「なんだ？」

「い、いいえ。はい、身体は大丈夫です。動けます！」

「別に無理に動こうとしなくていい」

ギルバートはあきれた様子ながらも、こちらにすっと手を差し出してくる。

もしやこれは……と思いつつレオーネが動けないでいると、ギルバートは自《みず》ら近寄って、彼女の手を自分の腕にかけさせた。

「早くしないとせっかくの食事が冷める」

そう言いながらゆっくり歩き出すギルバートに、レオーネは思わず声にならない声を上げそうになった。

（お、恐れ多くも国王陛下に、エスコートされている……！）

陛下を慕う女性たちから恨まれそうな状況だ。緊張で足が震えてしまう。

（昨日までは近づくのも許さないという雰囲気だったのに……）

ちらっとギルバートの表情を窺《うかが》ってみるが、特になんの変化もない。

（……ま、いいか。わたしは陛下のために自分のできることを頑張るまで！）

心が決まれば自然と背筋もシャキッとする。食卓に着く頃には完全に目も覚めていて、レオーネは美味《おい》しい朝食をパクパク食べた。

女性にしては旺盛《おうせい》な食欲を見せる彼女に、ギルバートは一瞬驚いた顔をしたが、なにも言わず食事を続ける。

籠《かご》に盛られた山盛りのパンは、半時後には二人の腹に綺麗に収まった。

「母上から伝言がきている。朝食のあと自分のもとへくるようにと。おそらく昨夜の首尾を聞きたいのだろう」

「はい」

「聞き耳を立てているだろう姉上や女官にも聞こえるように、はっきりと『首尾は上々だった』と宣言しておけ」

「わ、わかりました」

自分の口からそれを報告するのは恥ずかしいが、ギルバートがそうしろと言うのならそれに従うのみだ。

朝食を終えたギルバートは執務室へ向かい、レオーネのもとには部屋付きのメイドが迎えにきた。

衣装室を借りてドレスに着替え、ボサボサの髪も丁寧に結い上げてもらう。

すべての支度を整えたレオーネは、メイドに案内されるまま王太后のもとへ向かった。

どうやらすでに、女官から昨夜の報告を聞いたのだろう。王太后はキラキラした顔でレオーネを迎えた。

「単刀直入に聞くわ。陛下と寝台をともにしたの？　陛下の子種はもらえたのっ？」

（さすがにそれは単刀直入すぎる……）

その剣幕に若干引き気味になりながら、レオーネはしっかりと頷いた。

「はい。陛下は間違いなく女性と御子をお作りになることができますし、……その……子種も確かに、いただいたと思います……」

無我夢中ではっきりわからなかったが、ギルバートはちゃんとレオーネの膣内で吐精していたと思う。おそらく間違いない。……たぶん。

「そうなのね。ああ、よかった、なんて素晴らしいのでしょう……！　よくやったわ、レオーネ・フィディオロス！　あなたは陛下とこの国にとっての救世主だわ。救いの女神よ！　本当にありがとう！」

よほど嬉しかったのか、王太后は大きな瞳に涙を浮かべ、レオーネにぎゅっと抱きついてきた。

ふくよかな身体に急にのしかかられて、危うく倒れそうになるが、なんとか踏ん張ったレオーネは口元をひくつかせる。

「い、いいえ、わたしがしたのは微々たることで……あの、王女様方……」

レオーネにひしと抱きつく王太后の向こうで、王女たちがきゃいきゃい喜び合っていた。

「よかったわぁ、陛下がちゃんと御子を残せる身体で！」

「男色でもなかったのね！　いえ、男が好きな可能性もあるけれど、女相手でもちゃんと勃つことがわかったのは紛れもない朗報だわ！」

「最高の気分よ！　祝杯を挙げましょ、祝杯！」

そうして本当にシャンパンを持ってこさせる王女たちにレオーネは唖然とする。だが王太后の鼻を啜《すす》る音に気づいて、ハッと我に返った。

「お、王太后様……」

「本当にありがとう、レオーネ・フィディオロス。これでわたくしも肩の荷が下りました。陛下のことだから、なにか考えがあってのことだろうとは思っていたけれど、なにも話してくださらないから……。多少強引でも、こうするくらいしかわたくしたちにできることはなかったのよ」

目尻に浮かぶ涙を指先で拭《ぬぐ》う王太后に、レオーネの胸がきゅっと締め付けられる。

確かに『国王の子を孕《はら》め』と言われたときはとんでもないと思ったが、そこにはきっと母親なりの深い思いがあったのだろう。

だが王太后はすぐにキリッとした顔に戻ると、レオーネを衣装室へ引っ張っていこうとする。

「さぁ、陛下がその気になったなら、これからが勝負です。きちんと行為を継続して、妊娠までこぎ着けましょう！　さっそく昼食に着ていくドレスを選んで――」

「あ、あの、王太后様、今後の方針についてちょっとご相談が！」

またあのゴテゴテしたドレスを着せられてはたまらないと、レオーネは声を張り上げた。

そして二人は、王女たちの宴《うたげ》会場となり果てた王太后の居間を出て、レオーネの私室へ腰を落ち着ける。

そこでレオーネは、なぜギルバートが王妃選びを避けていたのか王太后に説明した。

「――つまり陛下は、国政に打ち込むために、あえて女性を遠ざけていたと言うのね？」

「その通りです。不能その他の噂については、おそらく今朝のことで払拭《ふっしょく》されるでしょうし、陛下自身、王妃様を娶《めと》る重要性をしっかりとご認識でしたので、このまましばらく静観なさるのがよろしいかと……」

ちょっと出しゃばりすぎたかしら、と思いつつも、ギルバートの意思を最優先にしたいレオーネは思い切ってそう進言した。

不敬と言われるのを覚悟したが、王太后はいたく感銘を受けた様子で、レオーネの言葉に深く頷いている。

「なるほど、よくわかりました。……ああ、二重に嬉しいわ。陛下のことをそんなふうに理解して差し上げられる令嬢がいたなんて」

「い、いいえ、わたしはそんなふうに仰っていただけることは、なにも……」

慌てて謙遜《けんそん》したが、殊勝な気持ちは王太后の次の一言で引っ込んだ。

「陛下のことをそこまで理解しているなら、当然、夜はお疲れの陛下をお慰《なぐさ》めしてさしあげるのでしょうね！　あなたの言う通り、今後わたくしたちは表に出るのを控えます。その代わり、あなたが陛下をしっかり支えて差し上げるのですよ。わかりましたね、レオーネ・フィディオロス！」

「は、はい！　承知いたしました……！」

身を乗り出して訴える王太后に圧倒され、レオーネは何度も頷いてしまう。その様子に王太后は至極満足そうに頷き、「頼みましたよ」と凄みのある笑顔で念を押した。

（お、王太后様も、一筋縄ではいかないお方という感じがするわ……）

そうでなければ、王宮の女主人などできないのかもしれないが。

なんにせよ責任重大だ。

そう思いながらも、敬愛するギルバートのため、レオーネは頑張ることを誓うのだった。


その日の昼には、城中が「陛下がとうとう女性と一夜をともにした！」という噂で持ちきりになっていた。

思っていた通りリネン係の女官が一番に噂を広めたらしく、少し遅れて王太后や王女方の侍女が間違いないと請け合ったことで、ちょっとしたお祝い騒ぎとなる。

さらに、それまでレオーネを田舎《いなか》娘と見下していた者たちが、一夜にして彼女に一目置くようになった。ちょっと城の廊下を歩いただけで、すれ違う人間が全員脇によけて頭を下げてくるくらいである。

（う、噂の拡散が速すぎるでしょう。領地だってこれほどじゃなかったわよ）

王城に勤める使用人だけでなく、すれ違う貴族や衛兵まで恭《うやうや》しく挨拶《あいさつ》するので、なんとも落ち着かない。

おかげで外に出るだけで精神的に消耗してしまった。

「これは陛下の婚約者様！　陛下は奥で鍛錬中であります！」

兵の訓練場に出てからも、レオーネを見つけた騎士にさっそく声をかけられてしまう。

レオーネは「ありがとう」と礼を言って、そそくさと奥へ足を向けた。

彼女の姿に気づくと皆が道をあけて敬礼するので、奥で剣を振っていたギルバートもすぐにレオーネに気づいて動きを止める。

「すみません、鍛錬のお邪魔をするつもりはなくて……。実は最近身体がなまっているので、わたしも稽古に交ぜていただけたらなぁ、と思ったのですが」

昨日外に出たときも、結局ギルバートを追いかけていったために体操一つできなかった。ギルバートの考えを知った今は運動で発散させたいほどの鬱屈《うっくつ》はないが、今度は単純に運動不足が気にかかる。

そもそも令嬢は運動などしない……と指摘されたらお終《しま》いだが、騎士とも互角に戦えることを明かしてあるので、お願いすれば聞き入れてもらえるかも、という期待があった。

だが、ギルバートはなぜかチラリとレオーネの下腹あたりを見つめてくる。

「身体は？　動いても大丈夫なのか？」

昨夜の行為を匂わせる言葉に、レオーネはボッと赤くなるが、すぐ頷いた。

「はい。今朝は少し痛みましたが、今はもう大丈夫です」

「それなら、わたしが相手をしよう」

思いがけない申し出にレオーネは目を丸くする。周囲の騎士たちもざわめきだした。一人ギルバートだけが涼しい顔で、刃を潰した練習用の剣をレオーネに投げてくる。

片手で受け取ったレオーネは、昨夜とは違う緊張を感じながら刀身を鞘《さや》から引き抜いた。

「で、では、お願いします」

「こい」

互いに剣を構えて対峙する。レオーネは間合いを見極めながら、思い切って前に踏み込んだ。

心配そうに二人の様子を見つめていた騎士たちだが、いざ打ち合いが始まった途端、おおっと大きくどよめいた。

しかし、そんな周囲の喧噪《けんそう》は、もうレオーネの耳に入らない。

打ち合った瞬間、刀身から手のひらへ伝わってきた衝撃に、彼女はぐっと奥歯を噛みしめた。

（お兄様たちほどではないとはいえ、やっぱりすごく重たい剣だわ。——でも！）

ギルバートの一撃を受け流し、素早く剣を返す。そして斜め下から鋭く斬り上げた。

（一撃で勝った気にはさせないんだから！）

レオーネは積極的に前に出て、王国騎士である兄たちをも翻弄《ほんろう》する素早い動きで攻めていく。一撃の強さはたいしたことなくても、左右から小刻みに攻めると、それだけで動きの鈍い相手は体勢を崩すものだ。

ギルバートはさすがにふらつくことはなかったが、防ぎにくい角度ばかりを狙われて、やや押され気味になっている。

だがそれも最初だけだった。

三分も打ち合う頃にはレオーネの次の手を完全に読み切り、逆に鋭く突き込んできた。

「っ！」

レオーネはかろうじてよけたが、体勢を大きく崩してしまう。その隙を逃さず剣を跳ね上げられた。

宙に舞った剣が、くるくる回りながら地面にグサリと突き刺さる。

レオーネはほうっ……と息を吐き、胸に手を当てギルバートに深く一礼した。

「ありがとうございました！　さすが、陛下はお強いです」

「……いや、わたしも正直、おまえがこれほど使えるとは思っていなかった」

自分の剣を鞘《さや》に収めながらギルバートが呟く。

息を詰めて見守っていた騎士たちは、誰ともなく相好《そうごう》を崩し、ギルバートはもちろんレオーネにも惜しみない拍手を送った。

「さすがフィディオロス将軍のご息女！　なんて速さの攻撃だ」

「次は是非おれと手合わせを」

「あ、ずるいぞおまえ、おれが先だ！」

レオーネはびっくりして騎士たちを見やる。領地でも騎士たちと稽古していたから、相手をしてもらえるのはもちろん嬉しいが……

「わたしがいるときであれば、騎士の稽古に交ざっても構わない。だが、不用意に怪我を負うような真似はするなよ」

答えあぐねるレオーネの横から、ギルバートがそう許可してきた。

騎士たちがわっと沸く中、レオーネも喜びと興奮で頬を染めギルバートを見つめる。

「ほ、本当によろしいのですか？　こちらで稽古をしても……」

「だから構わないと言っている」

「ありがとうございます！　実は毎日動きにくいドレスでいるのが大変で……あっ、す、すみません」

喜びのあまり、つい本音をこぼしてしまった。

慌てて口元を押さえるレオーネに、ギルバートはかすかに口元を緩める。

（へ、陛下が笑った⁉）

初めて見る笑顔にドキッとする。

だが見間違いかもしれない。ギルバートはすぐいつもの無表情に戻ってしまったから。

「婚約者様、是非わたしどもとも手合わせをお願いします！」

「は、はい。よろしくお願いします！」

騎士から声をかけられ、レオーネは慌てて頭を下げる。

その後はギルバートが鍛錬を切り上げるまで、レオーネも一心に稽古に励《はげ》んだのだった。

その日以来、騎士のあいだからも『国王と婚約者殿はかなり仲睦まじい』と噂が広がり、数日のうちにはすっかり二人の仲が周知の事実となっていた。

だが噂が広がったことで、ここぞとばかりにギルバートへ年頃の娘を薦めてくる愚か者も現れたらしい。

彼は『婚約者が大切だから』という理由で、その薦めを片っ端から撥《は》ねのけているようだが、さすがに辟易《へきえき》してきた様子だった。

「明日から少し城を空ける。おまえも一緒にこい」

「はい。どちらにいらっしゃるのですか？」

ある日の夜。

仲睦まじさアピールのために、引き続き国王の寝室で休んでいるレオーネは、ギルバートからいきなりそう切り出されて目を丸くした。

「王都から半日の距離にある離宮だ。あのあたりは貴族や富裕層の別荘地になっている」

「なるほど……。ちょっとした息抜きですね？」

別荘地と言うからてっきりそうだろうと思ったが、ギルバートは「そんなわけがあるか」とバッサリ切り捨てた。

「その地域で不審な物品のやり取りがあると聞いた。娘を売り込んでくる貴族どもから離れるついでに、それを調査しに行く」

「陛下、自《みず》らですか？」

「密偵は別件で使っている。下手《へた》にひとを使うより、自分で確かめたほうが速い。周囲には休暇と説明してあるし、二、三日くらい留守にしても問題はない」

ひとを使うより自《みず》ら赴《おもむ》いたほうが速いという考えは、レオーネにも理解できる。

領地にいた頃は領民から問題が上がるたびに、自《みず》ら馬を駆ってその場に出向いていた。そうすれば問題解決とともに領民との関係も築けるので、一石二鳥なのである。どうやらギルバートも、それと似た考えを持っているらしい。

「でも、わたしがついていってもよろしいのですか？」

「わたしが城を空けるのに、婚約者を置いていくほうが不自然だろう。おまえとの仲を深めるためとも言っておいた。それを聞けば周囲はなおのこと、わたしたちの関係が密であると信じてくれるだろう」

「な、なるほど……」

答えながら、少しだけ残念な気持ちが胸に広がるのを感じて、レオーネはにわかに焦る。

つい『陛下の息抜きに誘われたのかしら』と考えてしまったのだ。そんなわけがあるはずないのに……。

(わたしったら、なにを考えているの。わたしはあくまで陛下のかりそめの婚約者なのよ)

ギルバートはただでさえ忙しく、本来ならレオーネに構っている暇もないはずだ。

たとえ毎日鍛錬場で剣や乗馬の訓練をし、夜は一緒の寝台で眠っているといっても、勘違いしてはいけないのだ。

(周囲に陛下との仲睦まじい様子を見せる。その役割をしっかり果たさないと!)

気持ちを引き締め、ピンと背筋を伸ばしたレオーネは「かしこまりました」と笑顔で頷く。

「現地でも陛下のお役に立てるよう頑張ります。なにかありましたら遠慮なくお申し付けくださいませ」

＊　　＊

王都から馬車で半日の距離にあるフィリオ湖は、周囲を森にぐるりと囲まれた景勝地だ。昔から貴族の狩り場や避暑地として発展してきた歴史があり、今現在も湖の東の地区は別荘地として栄えている。

ギルバートの滞在する離宮は、一等地から少し外れた、どちらかというと貴族でない富裕層が多くいる地域にあるそうだ。

「その離宮は、かつては王族に連なる公爵の持ち物だったのだが、三十年前に後継ぎが絶えたため、現在は王家が管理している。ここ数年はわたしが息抜きに使っている場所だ」

湖への道すがら、ギルバートは馬上からそう説明してくれた。

馬車より馬での移動のほうが好きだったこと、馬のほうが早く着くため調査の時間が増えること、という理由から、二人仲良く轡《くつわ》を並べての出発となった。

もちろん護衛として騎士が三人、少し離れてついてきている。彼らは目立たないようにするため、全員が鎧《よろい》を脱いだ地味な格好をしていた。

離宮での世話係であるメイドや侍従は先に馬車で出発しているため、二人が着く頃には諸々を整えておいてくれるはずだ。

それもあって、二人は城にいたときより幾分肩の力を抜いて馬を走らせていた。

「湖を見るのは初めてなので楽しみです。領地は高地にありましたし、周りは山ばかりでしたから」

「そうだったな。だが、今回はあまり観光を楽しむ時間はないぞ」

「もちろんわかっています。離宮の窓から見えたらいいなぁと思っているくらいで」

「……それなら湖が見える部屋を、おまえの部屋にしてやろう」

「本当ですか？　嬉しいです！」

レオーネはぱっと笑顔になる。それを見たギルバートはなぜか眉を寄せて、ついっと視線を逸《そ》らしてしまった。

「次の丘を越えればもう街並みが見えてくる。到着したら着替えてすぐに聞き込みだ。心得ておくように」

「……かしこまりました」

いつもと同じ淡々とした口調で言われ、レオーネは戸惑いながらも頷く。同時に、無意識のうちに浮かれていた自分を心の中で戒《いまし》めた。

（別荘地には調査のために行くのよ。つい浮かれて、お喋《しゃべ》りになっては駄目ね）

そうこうするうち丘を越えて、広々とした森と、その向こうに瀟洒《しょうしゃ》な街並みが見えてきた。

王都を見たときも仰天したが、景勝地として栄える街並みの美しさを目にしたレオーネは、たちまち瞳を輝かせる。

「素敵な街……！」

目の前の光景にうっとり見とれてしまう。

だから彼女は、ギルバートが自分を物言いたげに見つめていることに、まったく気づかなかった。


離宮に到着した二人は、手早く用意されていた服に着替えた。

それはお忍び用の衣服で、ギルバートはシャツにベスト、脚衣と革靴という、ちょっと裕福な家の息子といった衣装だ。レオーネの衣装はというと、紺色のワンピースにエプロン。

どうやらお忍びの貴族の息子と、そのお付きのメイドという設定らしい。

それならばと、レオーネはより設定に近づけるため、髪を三つ編みにしてヘッドキャップを被った。これから大切な調査に同行するのだという使命感で、気持ちが自然と昂《たかぶ》ってくる。

「ひとまず街に出て聞き込みだ。このところ、このあたりを中心に違法薬物が出回っているという噂を聞いた」

「違法薬物……というと、麻薬ですか？　確か十年くらい前に禁止になったものがあったと思いますが」

記憶を掘り起こしつつ尋ねるレオーネに、ギルバートは頷いた。

「麻薬とはっきりしたわけではないが、火で炙《あぶ》って吸うと気分がよくなるという触れ込みで出回っているようだ。だが常用するほど依存性が高まり、手の震えや倦怠感《けんたいかん》といった症状が出るらしい。

そう聞くと麻薬と言ってもおかしくないな」

なるほど、確かに厄介《やっかい》な薬物のようだ。

「今回はその出所を突き止めるのが目的だ。流通ルートまで割り出せたらなおいいな」

「わかりました。ご一緒いたします」

さっそく二人は商店が並ぶ通りに出て、人混みの中を歩き始めた。

ギルバートはまず様々な物品を扱う雑貨屋に入る。店の主へそれらしい薬は置いていないかすぐ聞き始めた。

そこそこの身なりをした客に笑顔で近寄ってきた店主だったが、質問された途端、急にかしこまり背筋をピンと伸ばす。

「いえ、うちではそのような薬は、扱っておりません……」

「そうか。ならいい」

ギルバートはすぐに話を切り上げ、次の店に入った。

二軒、三軒と同じように質問を続けるが、芳《かんば》しい情報は得られない。

小さくため息をつくギルバートに、ずっと黙っていたレオーネが、おずおずと手を上げた。

(差し出がましいかもしれないけど、見ていられないわ……!)

「あの、陛下……いえ、ギルバート様。もしよろしければ、次の店ではわたしに質問をさせていただけないでしょうか？」

　陛下呼びではせっかくのお忍びの意味がない。慌てて名前で呼び直しながら、レオーネはそう申し出た。

「おまえが？」

「はい。……あの、なんと言いますか……。ギルバート様の聞き方ですと、たぶんこの先も情報は集まらないように思います。……みんな、尋問されていると思って、口が重くなっているように感じました」

「尋問だと？」

　ギルバートが心外だといった様子で眉を寄せる。レオーネは思い切って進言した。

「ギルバート様は、装《よそお》いこそふらりとやってきた貴族のお坊ちゃんですが、その……口調とか雰囲気に、ただ者ではない威圧感が滲《にじ》み出ているのです。なので、それとなく情報を聞き出すには、あの……不向きだと思います」

「……」

「試しに次の店は、わたしに任せていただけませんか？」

　不向きだとはっきり言われ、さしものギルバートもショックだったようだが、そこは国王陛下。声を荒らげることなく、静かに頷いてくれた。

「そこまで言うなら任せよう」

「ありがとうございます。では、さっそく聞いてきますね」

レオーネはほっと笑顔になって、まずは大通りにある露店へ足を向けた。

そして大きな声で客引きをしている店の女主人のもとへ、にこにこしながら近づいていく。

「こんにちは〜。ここではなにを売っているの？」

「いらっしゃい！　うちはハーブの専門店だよ。お嬢ちゃんはどっかのお屋敷のメイドかなんかかい？」

ワンピースにエプロン姿のレオーネを一瞥《いちべつ》して、女店主は朗《ほが》らかに答える。

「ええ、そうなの。ご主人様が息抜きに別荘にきててね。せっかくだから気分が落ち着くようなハーブをもらおうかな。カモミールとかラベンダーはある？」

「もちろんだよ！　なんだい、ご主人は不眠にでも悩まされているのかい？」

「そういうわけじゃないんだけど、普段からすごく忙しくされてるから、休暇のときくらいゆっくり眠ってほしいじゃない？」

「なるほどねぇ。主人思いのメイドに恵まれて、そのご主人も幸せ者だね」

いやぁそれほどでも、とまんざらでもない顔をしながら、レオーネは慎重に言葉を続ける。

「そういえば、なんだかこのあたりで気分のよくなる薬を売ってるって噂を聞いたんだけど、知らないかしら？　お疲れのご主人様に合う薬ならいいなぁと思ってるんだけど」

するとハーブを調合していた女店主が、わかりやすく顔をしかめた。

「ああ、あれかい？　貴族のあいだで流行《はや》ってる、炙《あぶ》って吸うだかなんだか言うやつ」

「そう、それそれ！　いったいどんな薬なの？」

好奇心に駆られた体《てい》を装《よそお》い質問すると、ポプリを作りながら女店主が説明してくれた。

「あたしも詳しいことは知らないんだけど、それを吸うと天にも昇った気持ちになれるらしいって聞いたよ。ただかなり高いらしくて、金持ちしか手に入れられないってさ」

「えー、そうなの。それって、どのあたりで売ってるのかしら？」

「知らないほうがいいよ、お嬢ちゃん。そういう怪しげな話の裏には、ご領主様の雇っている妙な連中が絡んでいるんだ。さわらぬ神にたたりなしだよ」

「妙な連中……？」

首を傾《かし》げるレオーネに、女主人は潜《ひそ》めた声で、そっと教えてくれた。

「どう見ても堅気《かたぎ》には見えない奴らさ。あいつら、たまにこの辺にも現れて、あれこれケチつけて帰って行くんだ。こっちはちゃんと許可を得て商売してるってのに、『許可証が偽物じゃないか』とか言って難癖つけてくるんだよ。まったく、嫌な連中さ」

「そうなの……。気をつけるように仕事仲間にも言っておくわ。この辺は不慣れだから、知らないうちに危ないところに迷い込んだら大変だもの」

「そうだね。それが賢明だよ」

「ちなみに、このあたりで近寄らないほうがいいところってある？」

不安な顔で尋ねると、よそからきた若い娘が面倒に巻き込まれるのはかわいそうだと思ったのか、女主人は丁寧に教えてくれた。

「あそこに馬鹿でかい建物が見えるだろう？　貴族や豪商たちがパーティーを開いているパレスさ。あのあたりは常に強面《こわもて》の男たちが行き交っているから、近づかないに越したことはないよ」

女店主が指す先には、舞踏会が開けそうな大きな建物が建っていた。

そこは代々、領主の一族が管理をしている建物のようで、社交期には大規模な催《もよお》しが夜ごと繰り広げられているという。

「わかった、気をつけるわ。いい気持ちになれる薬は、ちょっと興味あるけど」

「まぁ興味を引かれるのはわかるけどね。なんでもその薬はただ気分がよくなるだけじゃなく、どんな病気にも効くって噂もあるからね。全身にしこりができてひんひん言ってた年寄り貴族が、その薬を飲んだら綺麗に痛みがなくなって、馬に乗れるようになったなんて話もあるくらいだ」

「へぇ～、すごいのね！」

「嘘か真かわかりゃしないけどね。お貴族様が嵌まるものなんてだいたい碌《ろく》なものじゃないよ」

「あははは、そうね！　わたしはハーブのほうが好きだわ」

「そうそう。ハーブのほうがよっぽど信用できるよ！　――じゃ、これが茶葉で、こっちがポプリね。ポプリにはラベンダーを入れておいた。寝るときに枕の下に入れるといいよ」

「ありがとう！　ご主人様もきっと喜ぶわ」

レオーネは礼を言って代金を払い、「またよろしくね」と手を振る女主人と笑顔で別れた。

「――ギルバート様、どうやら例の薬は、あのパレスで出回っているようです」

少し離れたところで待っていたギルバートに、レオーネはさっそく報告する。

「あのパレスは、確か領主であるエリンコ侯爵の管轄だな……」

「あと何軒か回ってみて、出入りするひとがいないか探してみましょう」

レオーネはキョロキョロと周囲を見回す。そして次に入る店の当たりをつけると、ギルバートを手招いた。

「こんにちは～。こちらってお薬屋さんですか？」

「ああ。なんの用だい、お嬢ちゃん。冷やかしは御免だよ」

薄暗い店の奥で顔も上げずに言う店主に、レオーネはにっこり笑った。

「冷やかしなんてとんでもない。わたしの主人が調子を崩していて、お薬を煎《せん》じていただけないかと思って――」

その後も同じような切り口で、レオーネは様々な店を渡り歩いて聞き込みを続けた。

ときには酒屋、ときには花屋、ときには食堂と、麻薬とそれを取引する人間がいそうなところを片っ端から当たっていく。

ギルバートは大抵店の外で待っているか、一緒にいても黙っていることが多い。

レオーネが一人でポンポン会話を進めてしまうので、口を挟むタイミングが掴めなかっただけかもしれないが。

そうして夕方になる頃には、例の薬物はパレス内で開かれるパーティーで主に売買されていることがはっきりした。

パーティー以外で手に入れるには、領主が雇っているという妙な連中の集まっている場所に赴《おもむ》くか、彼らの経営している店――たいていは娼館や賭場《とば》――に足を運ぶ必要があるらしい。

「それだけわかれば充分だ。あとは信頼できる者に探らせる。……領主である侯爵にも監視をつけよう。どうやら、国内で収まる話ではないようだ」

離宮へ帰る道すがら、ギルバートが腕組みしながら呟く。

レオーネも神妙な面持《おもも》ちで頷いた。

途中寄った花屋で、例の薬はこの国ではなく、隣国でよく採れる植物が原料になっているらしいと聞いたからだ。レオーネは小さくため息をつく。

（もしそうだったら、なんとも胸の痛いことだわ……）

というのも、その植物が採れる隣国というのは、このグリスフィン王国の北に位置する国――レオーネの生まれ故郷であるフィディオロス領との国境を挟んだ向こう側の国、スレイグ王国なのだ。

かの国とは、常につかず離れずの距離を保っている。

だがスレイグ国側からは、正規のルートでないところから国境を越えて入国しようとする輩《やから》が後を絶たない。その取り締まりにレオーネの長兄は日々頭を悩ませていた。レオーネも怪しい人間を何人も取り押さえたことがある。

しかし、自分たちが見逃した人間がいるからこそ、国内に薬が広まってしまったのだろう。

国境を任されている家の人間として、大きな責任を感じてしまう。

「言っておくが、おまえが責任を感じることではない、レオーネ」

初めて名前を呼ばれて、レオーネはハッと顔を上げた。

「フィディオロス家の者が国境を護ってくれていることは、国王としてよく承知している。だがどれだけ厳重な警備であっても、それをくぐり抜ける者は必ずいるものだ。だからそのことで、おまえたちが気落ちすることはない」

「陛下……」

(これはもしかして、慰《なぐさ》めてくれている……？)

じわじわと嬉しくなり、頬を染めるレオーネを、ギルバートはひたと見つめて告げた。

「今日は助かった。おまえの言う通り、わたしにはこの短時間でここまでの情報を得ることはできなかっただろう。下手《へた》をすれば調査していることがばれて、面倒が起きていたかもしれない」

「そ、そんな……。もったいないお言葉です」

身に余る言葉に、レオーネは恐縮しきりだ。

だがギルバートはどこかもどかしそうな表情を浮かべていた。

「本心で言っているのだがな……」

そうこうするうち、二人は離宮に到着する。

「先に湯を浴びてくるといい。わたしは急ぎの仕事がないか確認してくる」

「かしこまりました。ではお先に」

表向きは休暇と言って出てきたはずなのに、完全に執務から解放されるわけではないのだと知って、レオーネは舌を巻く。

どうやらギルバートの日常は自分が思う以上に忙しそうだ。

(陛下は体力はそうとうあるほうだと思うけれど、少しも羽を伸ばせないのは大変ね)

自分にあてがわれた部屋へ行くと、窓から広々とした湖が見えた。約束通り、ギルバートは湖の見える部屋をレオーネに与えてくれたのだ。そのことに胸が熱くなる。

「臣下の他愛ない願いまで、こうして叶えてくださる律儀な方だもの。国のために四六時中気を張っていたら、休もうと思ってもなかなかできないのかもしれないわね……」

ほんの少しでも、息抜きできる時間があればいいのだが。

「レオーネ様、こちらのポプリは今夜お使いになりますか？」

荷物を整理していたメイドが声をかけてくる。見ればハーブの露店で買った品が机に並べられていた。

情報を引き出すために購入した商品だが、このハーブは使えるかもしれない。

レオーネは笑みを浮かべた。

「安眠効果のあるハーブを調合してもらったの。カモミールは眠る前に飲むといいと言われているし、このお茶を陛下に淹れて差し上げたらどうかしら」

するとレオーネとギルバートが相思相愛だと思っているメイドは「いい案ですわ」と微笑んだ。

「では就寝までに茶器とお湯を用意しておきますね。それととっておきの夜着も！」

「へっ？」

素《す》っ頓狂《とんきょう》な声を上げるレオーネに、メイドは「またまたぁ」とでも言いたそうな含み笑いで、声を潜《ひそ》めた。

「ハーブのお茶もよろしいですが、眠る前にちょっと運動するのも、質のよい睡眠に繋がること間違いなしですわ」

「ちょっと運動、って……」

「いやですわ、レオーネ様ったら！　お茶を届けたあとは、陛下のお部屋でそのままお休みになるのでしょう？　せっかくお城から離れて羽を伸ばしている最中ですもの。寝室に籠もって一日ゆっくりされてはいかがですか」

「……」

どうやら閨事《ねやごと》を期待されているらしいと気づいて、レオーネは無言で赤くなる。とはいえ人前では仲がよいフリをしているため「そ、そうね」と、頷いておいた。

（うぅ、実際は一緒の寝台で眠っているだけで、初日の一回以降は、なにもしていないんだけどね……！）

今日もおそらく何事もなく終わるだろう。ギルバートに行為をするつもりがないなら、レオーネはそれを受け入れるだけだ。

間違っても、少しさみしいかも、なんて思ってはいけない。

はしゃぐメイドたちを横目に、レオーネはひっそり自戒するのだった。

「これが王城から急ぎ返送してほしいと渡された書類です。確認の上、押印をお願いいたします」

そう言って侍従が積み上げた文箱《ふばこ》に、ギルバートはついため息をつきたくなる。

国王の仕事が多忙を極めるのは今に始まったことではないし、それを苦に思ったことはない。むしろ忙しいのはいいことだとすら思っていた。

しかし今は……今ばかりは、遠慮なく仕事を寄越す宰相たちに文句を言いたくなってくる。

（一応『休暇』の名目でここにきているのだから、少しは気を回すものではないのか？）

それも一人ではなく、婚約者と一緒なのに。特に宰相など、レオーネと自分をくっつけるため、あれこれ画策していたではないか……

そう考えた途端、薄い布のような下着だけで寝室に飛び込んできたかつてのレオーネを思い出し、思わず苦笑が浮かんだ。

あの格好は本当にひどかった。似合う似合わない以前に、明らかに本意ではない格好をさせられたレオーネが道化かなにかに見えて、まさに滑稽《こっけい》の一言だったのだ。

首根っこを掴んで追い出したときには、まさかその彼女と共寝《ともね》することになるとは露《つゆ》ほども思わなかった。もっと言えば、離宮に連れて行きたいと思うようになるなど、これっぽっちも考えていなかった。

手近な書類を引き寄せながら椅子に座り、ギルバートは内容に目を通していく。

だが少しでも気を抜くと、昼間のレオーネの生き生きとした姿がよみがえって、どうにも集中できなかった。

——レオーネを離宮に同行させたのは、半分は彼女自身に言った通り、国王と婚約者の仲が良好であると見せつけるためだ。

もう半分は——これは自分でも驚くべき理由だが——自分がいない王城に彼女を一人残すことを考えたとき、なぜだか、そんなことをしては彼女が気の毒ではないかと思ったためだ。

そもそもレオーネは自《みずか》ら志願して国王の婚約者になったわけではない。

息子の男色、不能疑惑をなんとかせねばと焦った王太后に、強制的にその役割を押しつけられただけなのだ。

レオーネ本人は『それがギルバートの役に立つことなら』と前向きに引き受けたようだが……やはり、いくら彼女が大丈夫と言ったのだとしても、結婚前の令嬢の純潔を奪った事実は看過《かんか》できない。

その後もギルバートの言う通りに側にいる彼女を見ていると、とても王城に一人置いていくことはできないと思ってしまった。

彼女の純潔を奪ったのは紛れもない自分だ。だから自分には彼女の身の安全や、生活を保障する義務と責任がある。

自分の目の届かないところに置いておくなど言語道断。

(だが……本当に義務感だけで、彼女を連れ出そうと思ったのだろうか)

確認を終えた書類に押印しながら、ギルバートは密かに自問自答する。

もし義務感だけで連れ出したなら、別荘地へ到着するまでの道中、楽しげに馬を走らせる彼女の横顔をついつい見つめてしまったのはなぜか。

夜着姿で恥じらっている顔でも、乗馬服姿で剣を振るっている勇ましい顔でもない、民と気さくに話す生き生きとした顔に釘付けになってしまったのはなぜなのか。

薬の流通に隣国の人間が関わっていると知って、国境を預かる家の人間らしく、苦渋に満ちた顔をした彼女に、気にするなと声をかけて慰《なぐさ》めてやりたくなったのは、いったいなぜなのか……

(それどころか、彼女がわたしの褒《ほ》め言葉に恐縮していたのが、歯がゆいとすら感じられた。もっと素直に喜んで……笑う顔を見せてほしかったのに)

そう思った瞬間、ギルバートはらしくもなく動揺して、危うく判を斜めに押しそうになる。

すぐ側に控えていた侍従が、驚いた様子で近寄ってきた。

「陛下、もしやお疲れでございますか？　判を押す手が乱れることなど、そうはありませんのに」

「いや……」

かろうじてそう答えたが、それ以上続かない。

侍従は「これはそうとうお疲れのようだ」と判断したのだろう。目を通した書類を文箱《ふばこ》に戻し、判をしまっておく箱を差し出してきた。

「処理済みのものだけ返送しておきます。そもそも陛下は休暇でいらしているわけですから、多少残しても問題はないでしょう」

「……そうだな。頼む」

侍従はテキパキと判と書類を片付け、文箱《ふばこ》を持って部屋を辞していった。

ギルバートはため息を吐いて眉間を押さえる。

まさか女のことで、こんなに狼狽《ろうばい》する日がこようとは……

(それだけレオーネを特別視しているということか？)

少なくとも、当初考えていた『女よけ』以上の気持ちが芽生えているのは確かだと思う。

このところ夜は一緒に休んでいるが、無防備に眠る彼女を前に平静でいられたかと聞かれれば、とてもそうとは言えない。

彼女にはあくまで『仲睦まじさをアピールするため』と説明しているので、これ以上手を出すのはよくないと自重してきたのだ。

しかし……それもそろそろ限界に近い。

普段の剣を振るう姿や、細身の割によく食べる姿にも好感を抱いていたが、民の中にするりと入り込み、自然と会話を交わす姿を見ているうちに、ますます彼女から目が離せなくなった。

あの屈託のない笑顔を自分にも向けてほしい――自分だけを見てほしいという思いが募《つの》って、再び押し倒したくなってくる。

自分の胸に芽生えた気持ちに苦笑していると、扉をノックする音が聞こえてきた。

取り次ぎに出た侍従が、すぐに訪問者の名を告げる。

「レオーネ様がお見えです。陛下にお茶を差し入れたいとのことです」

ギルバートは思わず息を呑む。彼女のことを考えていたタイミングで、本人が現れるとは。

「入室を許可する。通せ」

侍従に対し国王らしく命じながらも、内心では浮き足立つのを抑えるのに必死だ。

レオーネが姿を見せると自然と頬が緩みそうになり、いつもの無表情を保つのが大変だった。

多忙なギルバートを気遣い一人で夕食を終えたレオーネは、入浴を済ませ就寝の支度を整える。

メイドが持ってきたスケスケの夜着はきっぱり辞退して、普通の夜着とガウンを着込んだ。

そして普段、ギルバートが就寝するくらいの時間を見計らって、茶器とポットを手に彼の部屋を訪れた。

「失礼いたします、陛下。お邪魔してもよろしいでしょうか？」

「ああ、構わない」

ギルバートは長椅子ではなく文机《ふづくえ》のほうにいた。つい先ほどまで書類仕事をしていたのだろう。入浴はまだのようだが、シャツと脚衣だけのくつろいだ姿だ。

「あの、昼間ハーブの露店で、安眠に効くお茶を購入していたのですが……。よろしければお飲みになりませんか？」

ギルバートはそこで初めて、レオーネが茶器の盆を持っていることに気づいたらしい。

「ハーブの茶か？　普段は口にしないが」

「王城ではあまり見ませんよね。わたしは領地でたまに楽しんでいたのですが。これはカモミールといって、気分を楽にしてくれるハーブなんです。不安やイライラ、疲れを癒《いや》してくれるんですよ」

テーブルに盆を置いて、レオーネは茶葉をポットへ移す。お湯を入れて蓋《ふた》をし、小さな砂時計をひっくり返した。

ギルバートは文机《ふづくえ》を離れ、レオーネの側の長椅子に腰を落ち着かせる。彼がお茶を待ってくれているのだと思うと、レオーネの胸にほんのりと喜びが広がった。

「ハーブは少し癖があるので、ひとによっては好き嫌いが分かれるかもしれません。このお茶に使われているカモミールは、林檎《りんご》に似た香りがすると言われているのですが」

よく蒸らしたお茶をカップに注《つ》いでいく。カモミール特有の香りにレオーネは笑顔になるが、ギルバートは「確かに変わった香りだな」と呟いた。

「どうぞ。熱いのでお気をつけてください」

ギルバートは薄い黄緑色のお茶を少し見つめてから、静かに一口飲む。

口に合わなかったらどうしようかと思っていたレオーネだったが、彼は「味は悪くない」と、再びカップに口をつけた。

「……初めてだ」

「ハーブティーを飲むのがですか？」

「いや、誰かが提供する飲み物を、毒味をさせずに口にしたことが」

レオーネは思わず息を詰める。

ギルバートはお茶が冷めるのを待って、残りを一息に飲み干した。

「陛下……」

「立場上、命を狙われるのは珍しいことではない。食べ物や飲み物に毒が仕込まれていることも……。だが、なぜだろうな、おまえが淹れた茶を疑うのは……上手《うま》く言えないが、『いやだ』と思った。おまえの真心を否定することは、二度としたくないと思ったのだ」

「……」

レオーネは驚きのあまり、なにも言えなかった。

視界にレオーネが入るだけで顔をしかめていた、あのギルバート陛下が。

（陛下が、わたしを信じてくださっている……？）

毒味させずにお茶を飲んでくれるくらい、レオーネを認めてくださっている……！

「……っ、嬉しいです、陛下……！」

感激に瞳を潤《うる》ませるレオーネを見て、ギルバートはかすかに目を見開く。そして、なぜか小さく苦笑した。

「陛下？」

「……茶をありがとう。おまえに気遣われるのは悪くない。とても、いい気分だ」

「もっ……もったいないお言葉です。でも、臣下が陛下を気遣うのは当然のことです」

「臣下……か。そうだな。おまえは最初から、常にわたしを国王として見ている」

自嘲するようなギルバートの言葉に、レオーネは戸惑ってしまう。

（なんて思わせぶりな言葉なの。なんだか勘違いしてしまいそうになる……）

自分はギルバートにとって、臣下以上の存在なのだろうか、などと……

「以前から思っていたのだが、おまえの献身に対し、褒美《ほうび》を与えたいと思っている。なにか希望はないか？」

おまけにこんなことまで言われて、レオーネは慌てて首を横に振った。

「こうしてお側で陛下のお役に立てているだけでも、身に余る光栄ですのに……これ以上なにか望んだりしたら罰が当たります」

「……無欲は美徳だが、度が過ぎるのも考えものだな。わたしが褒美《ほうび》を遣わすと言っているのだから、四の五の言わずにありがたく受け取れ」

「それは……いえ……、はい。わかりました」

ギルバートがじろりと睨《にら》みを利かせてくるので、レオーネはこくこくと頷いた。

「特に希望がないなら、こっちで勝手に考える。ひとまず、今日はもう休むぞ」

「あ、はい。では茶器を片付けてきますので——」

ギルバートが立ち上がるのに合わせ、レオーネも盆を持って行こうとしたが。

手首を掴まれ、その場に引き留められる。レオーネが驚いて目を見開いた瞬間、唇に覚えのある温かな感触が重なって、思わず息を止めた。

「……っ、へ、陛下、今……キスを……」

瞬時に頬を赤らめるレオーネに、ギルバートは鼻先がふれ合うほどの距離で微笑む。

「実はおまえを抱いた夜から、ずっと飢《う》えていたんだ。……やはり一度ふれてしまうと、抑えが利かなくなるものだな」

「そ、それは、あの、若い殿方にとって当然の欲求だと思いますので……！」

「だから、おまえが鎮《しず》めてくれ。……ずっと一緒の寝台で寝ていたおかげで、欲望は募《つの》る一方だった」

ギルバートが身体を傾けて、額《ひたい》をレオーネの肩口に埋《うず》めてくる。

彼がこんな甘えるような仕草をするのは初めてだ。レオーネは緊張と羞恥《しゅうち》と少しの喜びで、見事に慌てふためいてしまった。

「わ、わ、わかりました！　陛下のお役に立つことが、わたしの望みですので……っ、どうぞお気の済むまでわたしをお使いください！」

緊張のあまり、ビシッと背筋を伸ばして騎士のように挨拶《あいさつ》すると、ギルバートが噴き出した。

「この状況で、色気のかけらもないとは……っ。面白い女だ」

レオーネはぽかんと目を見開いてしまう。

いつも無表情なあのギルバートが、口角を引き上げ、肩を小さく揺らして笑っている……？

（……も、ものすごく貴重な場面を目撃してしまったわ……！）

国王らしい威厳のあるギルバートは、実年齢よりずっと落ち着いて見えるけれど、こうして笑うと年相応に見える。口元を押さえて笑う姿は屈託がなく、不覚にも『可愛い』と思ってしまった。

（こ、国王陛下に対して、とても不遜なことを考えているわ！　でも……それくらい、素敵な笑顔なんだもの）

あいにくギルバートが笑ったのは少しだけで、すぐに静かな表情に戻っていた。

だが美しい紫紺《しこん》の瞳に浮かぶ色は、いつもよりずっと優しく温かい。

（どうしよう……見つめられるだけでどきどきして、心臓が飛び出しちゃいそう）

「おまえのその心意気を買おう。……今夜は一度では済まさない。覚悟しておけ」

王城に置かれたものよりは小さい……しかし二人で横になるには充分すぎる大きさの寝台の上で、夜着の紐に手をかけられたレオーネはぎゅっと目をつむった。

自分が服を脱がされるところなど、恥ずかしすぎて直視できない。

ギルバートはそんなレオーネをじっと見つめながら、紐を解いて夜着を肩から落とす。レオーネがわずかに腰を上げると、夜着は足下からするりと脱がされた。

「……」

二度目だというのに、緊張は最初のときと同じ……いや、もしかしたらもっと強いかもしれない。なまじ夜の営《いとな》みがどういうものか知ってしまったから、恥ずかしさと緊張と……紛れもない期待が湧き上がってきてドキドキしてしまう。

(期待しているなんて恥ずかしすぎる……でも……)

チラッと目を開けると、こちらを見つめるギルバートの視線とかち合う。

彼も、期待しているのだろうか？　いつもより視線が熱い気がする。

「レオーネ……」

わずかに掠れた低い声で名前を呼ばれるだけで、下腹部の奥がきゅんとしてしまう。

(あくまでわたしは、陛下の欲求を鎮《しず》めるためにいるのだから、わたし自身がときめいている場合じゃないのよ……)

そうは思うのだが、やはり無心ではいられなかった。

ギルバートが柔らかく口づけてくる。かすかに開いた唇から、すぐに彼の舌が入り込んできた。縮こまっていたレオーネの舌を軽く舐《な》め上げ、あっという間に搦《から》め捕《と》っていく。

同時に大きな手で乳房を掴まれ、やわやわと揉まれた。

「ふ、ぅ……、んぅ……、へいか……」

「痛むか？」

レオーネはふるふると首を横に振る。

この感覚は痛みではない。それどころかふれられるたびに身体が疼《うず》いて、じっとしているのが難しくなった。

ギルバートの長い指先に乳首をつままれ、優しく擦り上げられたならなおさらだ。

「あ、ああっ、それだめ……っ」

「駄目と言うが、本当は気持ちいいのだろう？」

「んっ！」

お仕置きでもするみたいに強くそこをつねられて、レオーネは鼻にかかった声を漏らす。

「感度のいいことだ」

「ご、めんなさ……」

「怒っているわけではない。むしろ、そのほうがわたしは好きだ」

好きの一言に胸がドキッとする。

いやいや、好きというのはそういう意味ではなく、感度良好な女性が好みという意味で――

(ど、どのみち平静ではいられないわよ――!)

「んンっ……、あ……」

「こんなときに、考え事をしている暇があるのか?」

両方の乳首をコリコリといじられながら、首筋に舌を這《は》わされ、レオーネの身体が小刻みに震え始める。

その状態で再び口づけられると、快感で身体がどんどん熱くなっていった。

「ふぁ……、ん、ふっ……、あん、ん」

自分で聞いても頭が沸騰しそうなほど、甘ったるい声が口から漏れてしまう。

その間にも、ギルバートの唇はレオーネの耳へと移っていき、耳朶《じだ》を軽く甘噛みした。

「ひぅっ……んあ、耳、なんて……食べても……、あぁああん……っ」

そんなところを刺激してどうするのかと思ったが、尖らせた舌先が耳孔をチロチロ刺激してくると、びくっと身体が引き攣《つ》るほど感じてしまった。

「なるほど、食べ甲斐がありそうだ」

「あっ、あっ、だめぇ、も……音、立てちゃ……っ」

ピチャピチャという水音が頭の中を掻き乱す。

どんどん追い詰められていく気がするのに、どこかでもっとしてほしいという気持ちが募《つの》ってきていた。そんな淫《みだ》らすぎる自分に泣きたくなる。

レオーネの耳を攻めながら、気まぐれに柔らかな乳房を揉んでいたギルバートは、右手を下へ滑らせる。彼の手にお腹を撫でられただけでゾクゾクして、レオーネの息が乱れた。

「んんっ……！」

そのまま下肢にさわられるのか、と考えた直後、左の乳首が温かな口腔《こうこう》に含まれた。

思わずレオーネは白い喉を反《そ》らしてしまう。

乳輪ごと含まれて、舌先で乳首をコロコロと転がされる。

たまらない感覚にひとりでに腰が揺れた。

丹念に乳首をしゃぶっていたギルバートは、もう一方の乳首にも同じ刺激を与えてくる。

おかげで二つの乳首はぷくっと腫《は》れて、朝露《あさつゆ》に濡れた薔薇《ばら》の蕾《つぼみ》のように光っていた。

ギルバートは乳首を攻めるだけ攻めたあと、レオーネの首筋や耳の裏、乳房の膨らみに吸い付いて、花びらのような痕《あと》を残していく。

初めてのときにはされなかった行為に、レオーネの胸は甘く高鳴った。

（なんだか、自分のものだって印《しるし》をつけられている気がする……）

不謹慎ながら嬉しいと思ってしまう。

勘違いしてはいけないとわかっているのに、こんなことをされたらどうしたって期待してしまうわ、と相手を非難する気持ちまで湧いてきた。

「んあっ……、あ、へいか……っ」

吸い痕《あと》に気を取られている隙に、ギルバートの右手がレオーネの足のあいだに滑り込んできた。

慌てて足を閉じようとするが、彼の指先がすぐに陰唇に潜《もぐ》り込んでくる。

「あ、あっ、だめです、陛下……っ」

「駄目？　どこが？　これほど濡れているのに」

「……っ」

目元がかあぁぁっと赤くなる。ギルバートの言う通り、蜜口あたりはすでに潤《うるお》い始めていた。

指先が動くのに合わせくちゅくちゅという水音が聞こえてきて、レオーネは恥ずかしさのあまり涙ぐむ。

「へ、陛下の、意地悪……っ」

「子供のような悪態だな」

片方の口角をわずかに引き上げたギルバートは、そう言って蜜口に指を滑らせてくる。

「あぁっ……！　ふ……っ」

するりと蜜壺に指を差し入れられて、レオーネはつい下肢に力を入れた。

けれどいざ指先を膣壁の中で動かされると、初めてのときに感じた熱い疼《うず》きを思い出し、眉間のあたりがむずむずし始める。

「あ、ぅ、ンン……、う、動かしちゃ……いやです……っ」

「口でなにを言っても、身体は喜んでいるぞ？　その証拠に……ほら、どんどん溢《あふ》れてくる」

中から指を引き抜いたギルバートが、それをレオーネの眼前にかざしてくる。節くれだった長い指は、レオーネの奥から溢《あふ》れ出た蜜液を纏《まと》って、ぬらぬらと光っていた。

「……っ」

あまりの恥ずかしさに、レオーネは息を呑む。

ギルバートは少し意地悪く口角を引き上げ、再び指を蜜壺に沈めた。

それも、二本同時に。

「あんっ……、んあ、そ、そこ……っ、ひぅっ……！」

「ここが感じやすいところなのか。なるほど——」

「ひっ、ひあっ、だめです、擦っちゃ……、あぁああ……！」

レオーネが駄目だと言えば言うほど、ギルバートはそこを執拗《しつよう》に攻め立ててくる。

膣壁のざらついたところを指の腹で擦られるのは特にたまらなくて、レオーネは気づけば身をよじるほど激しく反応してしまっていた。

「んあ、あ、いやぁ、なにか……出ちゃいそう……っ」

「別になにが出ようと構いやしない。すでにわたしの手はおまえの蜜でぐっしょりだ」

「いやぁああ……！」

淡々と告げられる事実が恥ずかしくて仕方ない。思わず両手で顔を覆《おお》った。

そのため、ギルバートが身を屈《かが》め、レオーネの秘所に唇を寄せていることに気づけなかった。

「――んああっ！　やっ、へいか……、――ぅあぁあ！」

膣壁からくるものとはまた別の愉悦《ゆえつ》に身体を跳ねさせたレオーネは、慌てて下腹部に視線を向ける。そこでは、ギルバートが長い舌を伸ばして、花芯を舐《な》め転がしていた。

「……っ！」

慌てて腰を引こうとしたが、再びぬるりと花芯を舐《な》め上げられて、快感のあまり腰が抜けてしまう。

「あ、あ、そこ、いっぺんに……っ、も、ぁあああ……！」

花芯を舐《な》めしゃぶられながら、同時にその裏あたりを中からも擦られて、両方から与えられる刺激にレオーネは為す術《すべ》もなく悲鳴を上げる。

お腹の奥が燃えるように熱くなり、掻き出される蜜の量が増えた気がした。

ぐちゅぐちゅと中を掻き回され、ぬるぬると花芯を舐《な》め転がされ続けて、レオーネは強すぎる快楽の前に膝を突くことになる。

「も、ぅ、だめっ……！　あ、あぁう、ンっ、んぁあああ――ッ……！」

甘やかな悲鳴とともに、細い身体が弓なりにしなる。腰がびくびくっと大きく震えて、身体中を熱い波が走り抜けた。

声も出せずに指先をビクビク震わせるレオーネから、ギルバートはゆっくり指を引き抜く。そのあとを追うように大量の蜜液がこぼれ出て、レオーネの足や敷布をぐっしょりと濡らした。

「はぁ、はぁ……、んっ……」

まだ息が整わない中、衣服を脱いだギルバートが唇を重ねてくる。唇をこじ開け、すぐに舌を絡められた。

達した直後にもかかわらず、再び身体の中に熱が渦巻き始め、レオーネは慌ててギルバートの胸を叩いた。

「へ、へいか……っ、い、今は、さわっては駄目です……っ」

「敏感になっているから、さわったら余計に感じてしまう──か？」

「わ、わかっていらっしゃるなら……」

「却下だ。ここで熱を冷まされてたまるか」

「そん……っ、んむ、ふっ……」

問答無用とばかりに再び口づけ、舌を絡める。そのままのしかかられると、ギルバートの重みや体温にまでドキドキして、高鳴りっぱなしの心臓がいよいよおかしくなってしまいそうな気がした。

舌の裏を舐《な》められ、ゾクゾクと背筋を震わせる。すると足のあいだに身体を入れたギルバートが、下肢をぐっと密着させてきた。

「あんっ、へい……、っ……！　あの、下、当たっ……ンン……っ」

硬く怒張した肉竿が秘所のくぼみに沿う形で押しつけられて、レオーネは目を白黒させた。

思わず口から出た指摘を、深い口づけによって遮《さえぎ》られる。

声も呼吸も奪われるように口づけられながら、さりげなく腰を動かされては、とても口づけだけに集中できない。

「んぅっ、ん、ふあ、あ、あんん……っ」

ぐちゅぐちゅと音を立てつつ、陰唇のくぼみに押しつけられた竿部が秘所を擦る。

くびれたところが花芯を掠めるたびに、快感が身体の奥底を焦《こ》がしていく。レオーネの身体の中に、じれったいようなもどかしいような熱が渦巻き始めてきた。

「あふ……、ん、も……っ、も、だめぇぇ……っ」

必死の思いでギルバートの口づけを振り解き、レオーネは新鮮な空気を胸いっぱいに吸い込む。

だが身体に渦巻く熱はちっとも鎮《しず》まってくれない。

それどころかもっと燃え上がりたいとばかりに、いつの間にかレオーネの腰がひとりでに揺れ動いていた。

「あ、あ、やっ、……あああぁっ……！」

ぬちゅぐちゅという聞くに堪えない水音が下肢から聞こえてくる。

お互いの恥ずかしいところを擦り合わせている状況に、お腹の奥がきゅんとして熱い蜜がとめどなく溢《あふ》れた。ギルバートの肉棒はその蜜を纏《まと》って、てらてらと濡れ光っている。

「わたしが欲しいか、レオーネ――」

ギルバートが腰を引いて、膨らんだ亀頭の先端をレオーネの蜜口にあてがう。蜜壷の浅いところを亀頭で刺激されて、レオーネは甘ったるい悲鳴を上げた。

「あ、あぁああっ、いやぁ、熱い……！」

「なら、どうしてほしいんだ？」

繰り返し湧き上がる愉悦《ゆえつ》と快感に、レオーネは溺《おぼ》れきっていた。

恥ずかしい気持ちはあるのに、身体に渦巻く熱をどうにかしてほしくて、必死に懇願する。

「おね、が……っ、あぁああっ、じらさないで……っ、それ、挿《い》れてくださ……！」

蜜口に亀頭をわずかに沈めた状態で、膨らみきった花芯を指先でいじられて、レオーネは泣き声混じりに叫んだ。

その瞬間、ギルバートがゴクリと喉を上下させる。

再び覆《おお》い被さってきた彼は、度重なる口づけのせいですっかり濡れた彼女の唇に、噛みつくようにキスしてきた。

「んぅ、うっ、ンンぅ――ッ……!!」

同時に強く腰を掴まれ、長大な肉棒が蜜壷の奥へ沈められる。

一息に奥まで埋《うず》められて、レオーネは口づけられたまま甲高い嬌声《きょうせい》をほとばしらせた。

挿入されただけで達してしまった身体がビクビクッと激しく震え、ギルバートのものをきつく締めつける。

レオーネを強く抱きしめながら、ギルバートがなにかに耐えるように息を詰めた。

「は、はふっ、ん……ひくっ……」

感じすぎて上手《うま》く息ができないレオーネの口から、しゃくり上げるような声が漏れる。

このまま続けられたら、本当におかしくなってしまう――そんなレオーネの胸中を察したのか、あるいはその上で無視したのか、ギルバートは激しく舌を動かして、レオーネの口内を余すところなく蹂躙《じゅうりん》してきた。

口の中がこんなに敏感だなんて――

舌の根までジュッと音を立てて吸われた瞬間、再び達しそうになって、レオーネは無意識に身をよじった。

「んぅっ……！」

そうすると中に埋《うず》められた肉棒が膣壁を擦って、気持ちよさになにも考えられなくなる。

無意識に腰を動かすレオーネに、ギルバートがかすかに苦笑した。

「こら、そう急ぐな」

「だ、だって……っ、もう、熱くて……あぁあああ！」

唐突にギルバートが腰を引き、すぐにずんっと奥まで突き入れた。目の前が真っ白になるほどの喜悦《きえつ》に、レオーネはびくんっと全身を跳ねさせる。

「ねだる間もなく、与えてやるから――」

「あ、あ、やぁ、きちゃ……、あぁあ、あ、あぁああ――ッ……！」

それまでじらしていたのが嘘のように、立て続けに肉棒を抜き差しされて、レオーネは喉を反《そ》らして悲鳴を上げた。

身体が自然としなり、胸を突き出す格好になる。

ギルバートはすかさず乳房を掴み、優しく揉んでくる。熱い手のひらで乳首が擦られるのにも感じてしまって、レオーネは我を忘れて嬌声《きょうせい》を上げ続けた。

（熱い、気持ちいい……っ、おかしくなる……！）

――でも、やめてほしくない。

どれだけ達しても、もうやめてほしいとは思わなかった。それどころか、もっと激しく突いて、気持ちよくしてほしいと思う。

「あぁ、へい……っ、へいか、あ、あ……っ」

「……っ、名前で呼べ、ギルバートと」

「あぁあん！」

息を荒らげながら耳元で囁《ささや》かれて、レオーネはびくんっと腰を跳ね上げる。声まで官能を刺激してくるなんて反則だ。

「ふぁっ……あ、ギル……、ギルバートさま……っ！」

「……っ」

ギルバートがかすかにうめく。

彼の指先がきゅうっと乳首をつまんできて、レオーネは危うくまた達しそうになった。

「はぁ、あ、気持ちい……っ、いいの、熱い……っ」

足を限界まで開かされて、ぐちゅぐちゅと音を立てて欲望を突き立てられる。

もう気持ちいいとしか考えられなかった。

濡れた舌をかすかにのぞかせながら喘《あえ》ぎ続けるレオーネに、ギルバートが苦しげな表情を見せる。

彼はレオーネの細腰をぐっと己に引き寄せた。ピンと立ち上がったままの乳首を舐《な》めしゃぶりながら、腰の動きを速めていく――

「あぁ、あ、あ、も、いっちゃ……！　ギルバート、さま、も、あぁああ、んっ！」

レオーネは、自分の胸をしゃぶっているギルバートの頭を抱え込み喉を震わせる。

激しく抜き差しされるたびに、熱で身体がどろどろに溶けてしまいそうだ。

互いに全身汗みずくになった頃、募《つの》りに募《つの》った快感がいよいよ弾ける――

「ギル、バートさ……っ、んん、いく……っ、んぁあああぁあ――ッ……!!」

「うっ……」

絶頂の衝撃に呼応して、膣壁がきゅううっときつく収斂《しゅうれん》する。強く締め付けられたギルバートは、奥歯を食いしばって二度、三度と腰を打ち付けた。

欲望の飛沫が最奥《さいおう》へと叩きつけられて、レオーネはビクビクと震えながらうっとりと目を細める。ギルバートの欲望はかなりの量で、お腹の奥にじんわり広がっていく感覚が信じられないほど気持ちいい。

彼に強く抱きすくめられるのも、体重をかけられるのも心地よくてたまらなかった。

心臓が速い鼓動を打つ中、はぁはぁと荒い呼吸を繰り返しているギルバートを感じる。

心配になったレオーネが声をかける前に、彼に腰を抱えられ、勢いよく身体を引き起こされた。

「……え、えっ？　陛下——ああっ！」

「ギルバートだ」

あぐらを掻いた彼の上に腰掛ける状態になったレオーネは、ひどく戸惑う。

どうしてこんなことを、と聞こうとしたところで、下からずんっと突き上げられた。

強すぎる刺激で、レオーネの目の前がチカチカした。

「あ、あぁ、ギルバートさまっ……深いっ……！」

この格好だと、自分で腰を浮かさない限り、常に肉棒が最奥《さいおう》を押し上げている形になる。

自重により挿入が深くなって、目を見開いたままはくはくと呼吸する。そんなレオーネの髪を掻き上げ、ギルバートはその唇に再び吸い付いてきた。

「んぅっ……ふ、あ、あぁ……っ」

「今日は、一度では済まさないと言っただろう？　次は……この状態で達してみろ」

「そ、そんな……っ、こ、これ以上なんてわたし――はぁあああっ！」

再び下から突き上げられて、びくんっとのけ反《ぞ》ってしまう。

ギルバートはレオーネの乳房に顔を埋《うず》めて、乳首をきつく吸い上げながら腰を使い始めた。

ずんずんと真下から抜き差しされて、レオーネは揺さぶられるまま、切れ切れに嬌声《きょうせい》を漏らす。

「だ、だめです、これ以上は……っ、おかしくなるから……！」

「別にいいだろう。こういうときくらい……おかしくなればいい……」

なんだかひどく恐ろしいことを囁《ささや》かれた気がした。

それを実践するように、ギルバートはレオーネの身体中に手を這《は》わせ、白い肌の至るところに吸い痕《あと》を残していく。

その夜は執拗《しつよう》に求められて、レオーネは本当におかしくなりそうなほど、甘い声を上げ続けたのだった。

第四章　素直な気持ち

「最初に陛下を不能と言い出したのはどこのどいつなのかしら？　今すぐそいつを呼び出して説教してやりたい気分だわ」

（不能？　どこが？　あれは不能じゃなくて、絶倫って言うのよ！）

温かなお湯に顎《あご》まで浸《つ》かりながら、ブツブツ文句を言っていたレオーネは、感情のままざばっと立ち上がった。薔薇《ばら》の花びらを浮かべたお湯が大きく波打つ。

素早く湯船から出たレオーネは、大判のタオルを身体に巻き付けて浴室を出る。

脱衣所で待っていたメイドたちは、湯上がりのレオーネを満面の笑みで迎えてくれた。

「入浴お疲れ様でございます。それでお着替えなのですが、普通のドレスになさいますか？　それとも……思い切って、こちらの夜着をお召しになります？」

ぴらっと差し出されたスケスケの夜着を前に、レオーネは口元を引き攣《つ》らせた。

即座に却下して、締め付けの少ないドレスを選択する。

結局昨夜は、かなり遅い時間までギルバートに抱かれていた……ように思う。はっきり言えないのは、途中から時間の経過がわからなくなってしまったからだ。

正直、いつ自分が眠ったかの記憶もはっきりしない。

対面の状態で二度ほどいかされて、その後再び、寝台に横になって始まって……

横向きのまま片方の足だけ高々と上げられて、あんあん喘《あえ》がされた記憶がよみがえり、レオーネはかっと顔を赤らめた。

世話係のメイドたちは、朝からにこにこと訳知り顔で微笑んでいる。

ぐちゃぐちゃになった寝台の状態や、レオーネの肌に残る無数の所有の痕《あと》を見れば、昨夜なにをしていたかなど丸わかりだろう。

だがそれにしたって、である。

（もう、恥ずかしいったらありゃしない……！）

もしまた同じようなことがあっても、せめて痕《あと》をつけるのは自重してくださいとお願いしなければ。ドレスで隠せるところならまだしも、見えるところに痕《あと》をつけられるのは本当に困る。

だが文句を言いたくても、レオーネが目覚めたときにはギルバートの姿はなかった。

聞けば、いつもと同じ時間に起床し、朝食を取って出かけていったらしい。恐るべき体力だ。

レオーネなどまだ身体がギシギシしているというのに……

食後のお茶に昨日買ったハーブティーをお願いしつつ、昼食も兼ねた遅めの朝食を平らげた。

そしてお茶を飲んで一息ついた頃、ギルバートが顔を見せにやってくる。

「起きていたか。体調はどうだ？」

ズバリ尋ねられて、レオーネは瞬時に真っ赤になってしまった。

「お、おかげさまで良好です……が！　陛下、その、見えるところに痕《あと》をつけるのは、できればお控えくださいませ」

居並ぶメイドに聞かれるのは恥ずかしいので、ギルバートに近寄りこそこそ告げる。彼は首を傾《かし》げたが、レオーネのドレスの襟《えり》からのぞく吸い痕《あと》を見て「ああ」と目を瞬《また》いた。

「別にいいだろう。わたしたちが『仲良く』している証拠のようなものだ」

「な、『仲良く』の言葉が、なんだかとても意味深に聞こえるのですが……!?」

口元を引き攣《つ》らせるレオーネに、ギルバートは「そうか？」ととぼけてくる。

「そ、それにっ、寝台があんなにぐちゃぐちゃになるほどするのは、その……なしです！」

「なぜ？」

「なぜって……翌朝わたしが起きられなくなるからですっ」

「わたしは起きられるから問題ない。それにあれでも手加減したんだぞ。本当なら一晩中抱き潰したいくらいだ」

「えっ……!?」

あまりのことに口をパクパクさせてしまう。視線で、冗談ですよね？　と問うが、ギルバートは肩をすくめて見せるだけだ。

「――ひ、一晩中なんて、絶対にいけませんからね……！」

「わたしも翌日に公務を控えている日は自重するつもりだ。だが今回は表向き休暇できているわけだし、問題ないだろう」

そうかもしれないけれど、だがしかし……！

頭を抱えるレオーネを面白そうに見やって、ギルバートはメイドたちに下がるように命じた。

「おまえにも協力してもらったから、報告しておく。昨日聞き込みをした例の薬のことだが、密偵を何人かパレスに潜入させて、様子を探ることにした。招待状を手に入れて参加しようかとも思ったが、わたしが休暇でここへきていることが相手方に伝わったらしくてな。しばらく催《もよお》しを控えるようだ。普通、国王がきていたら、盛大に舞踏会を開いて歓迎するものだがな」

それをしない時点で怪しいということだ、とギルバートは告げる。

彼の仕事の速さにレオーネはただただ感心した。

「つまり、ここでわたしたちがすることはもうない。今日一日は、文字通りゆっくりするのもいいかもな」

「わたしはたっぷり眠りましたので大丈夫です。陛下こそお休みになってください」

「その場合は、おまえも一緒の寝台で休ませるぞ。休めるかどうかは怪しいけどな」

レオーネは赤くなった顔を隠すようにそっぽを向く。この調子だと、本当にまた寝台に引きずり込まれてあれこれされてしまいそうだ。

いくら休みとは言え、昼日中からあんなことをするのはさすがに気が咎《とが》める。

「せっかくだし、一緒に湖にでも行ってみるか？」

「え、いいのですか？　嬉しいです！」

部屋からも湖はよく見えるが、やっぱり近くで見てみたい気持ちがあった。

さっそく二人は、湖に出発する。

ギルバートは昨日と同じくお忍びの格好で、レオーネは今着ているドレスにボンネットと外歩き用の革靴で。護衛と一緒にボートに乗れるところへ歩いて行く。

あいにくボートはすべて出払っていたので、人気のない森を散策することにした。

「おまえたちはここで待っていろ。二人で楽しみたい」

ギルバートがそう言うと、護衛の騎士たちも訳知り顔でにっこりと頭を下げた。

レオーネは恥ずかしさからつい恨めし気にギルバートを睨《にら》むが、彼は涼しい顔で歩き出してしまう。

湖はとても大きくて、一周しようとしたら日が暮れてしまいそうだ。ひとまず少し離れたところに見える水車小屋を目指すことにして、二人は湖畔に沿ってゆっくり歩き出した。

「風が気持ちいいですね〜。森の緑もとても綺麗。フィディオロス領は山ばかりですけれど、あまり緑はないんです」

「そうだろうな。できる作物も芋ばかりだし」

「ええ。だから嬉しいです。こうして緑の中をお散歩できて。本当にいいところですね」

にっこりと微笑むレオーネを見て、ギルバートも少しだけ目元を和《やわ》らげる。

「それほど喜んでもらえるなら、連れてきてよかった」

美しい湖と森のおかげか、二人は自然と穏やかな気持ちに包まれていた。

――だが平和な時間は長くは続かなかった。

目印にしていた水車小屋に近づくにつれ、周囲の木々が高くなり、影に隠れている時間が長くなる。それを狙っていたかのように、不穏な気配が森から近づいてきた。

「……陛下」

「気がついたか。できるだけ自然に森の中に入るぞ。ここはひとの目が多い。やり合う姿を見られると面倒だ」

「はい」

こそこそと話した二人は、それまでと変わらぬ緩やかな歩調で森へ入っていく。

しばらく歩いて、完全にひとの目の届かないところまできた瞬間。木々の影から、見るからに堅《かた》気《ぎ》ではない荒くれ者たちが姿を見せた。

「おう、止まれぇ！　そこのねーちゃん、こっちへきてもらうぜ！」

「お断りよ。どうして見るからに柄の悪い奴らについていかなくちゃいけないのよ」

レオーネが冷静に返すと、荒くれ者たちは一瞬虚《きょ》を衝《つ》かれたような表情をした。

それはそうだろう。人気のない場所で強面《こわもて》の男たちに囲まれ武器を向けられたら、大抵の婦女子は悲鳴を上げて逃げ出すはずだ。

だが、あいにくレオーネはこの手のことに慣れていた。

「あなたたちの目的はなに？　わたしを攫《さら》うの？　消すの？　どんな理由があって？」

「う、うるせぇ女だな。そんなのどうでもいいだろうが！　おとなしくこっちにこい！」

「はいはい。わかったわよ！」

そう言うなり、レオーネは近くにいた男の懐《ふところ》に飛び込んで、手首に手刀を叩き込む。不意を衝かれた男が剣を取り落とした瞬間、拳《こぶし》を突き上げ男の顎《あご》を殴った。

「がっ！」

男がもんどり打って倒れる。レオーネは足下に落ちた剣をギルバートに向けて蹴った。

ギルバートはすぐに反応して、その剣を拾い上げる。そして間近にいた男に容赦《ようしゃ》なく斬りかかった。

「な、なんだこいつら⁉　おい、強いぞ！」

「どっかの貴族のボンボンじゃねぇのかよ⁉」

ならず者たちが五人、悪態をつきながらギルバートを取り囲む。レオーネには二人の男が飛びかかってきた。こちらに伸ばされた手をしゃがんでかわし、地面に落ちていた棒きれを拾い上げる。

「――せい！　やっ！」

男たちの手をギリギリのところでよけて、レオーネは棒きれを突き出した。

たかが棒きれ、されど棒きれ。

喉を突かれた相手は体勢を崩して大きくよろけた。レオーネはその隙にもう一人の背後に回り込んで、首のうしろを強打して気絶させる。

そうして二人を地面に伸したときには、ギルバートも五人を沈めて、そのうちの一人に剣を突きつけ尋問していた。

「な、な、なんなんだよ、おまえら……っ」

「こちらの質問に答えろ。誰の命令でわたしたちを襲った？　雇い主の名前は？」

「うぅっ……！」

ならず者は腰を抜かしてガタガタ震えている。返り討ちにされるとは思っていなかったのだろう、半ば混乱している様子だ。

ひとまず全員捕らえて、連れ帰ったらいいのではないか――そうレオーネが進言しようとしたとき……

「この、アマぁ！　舐《な》めやがって！」

「っ！」

倒したと思っていた男が一人起き上がって、握り拳《こぶし》二つ分はあるかという石をレオーネに向かって振り下ろそうとしてきた。

（よけるのは間に合わない！）

レオーネは衝撃を覚悟し、頭上で腕を交差させぎゅっと身を縮める。

「レオーネ!!」

ギルバートの鋭い声が耳を打った。

直後、すぐ近くで「ぐぎゃっ!?」と、男の潰れたような声が聞こえる。

恐る恐る目を開けると、ギルバートの剣が男の腕を深々と斬りつけていた。

勢いよく噴き出す血にゾッとして、レオーネは唇を震わせる。

「ぎゃあああ！」

腕を斬られた男はもんどり打って倒れ、地面の上をのたうち回る。

ギルバートは再び剣を振り下ろそうとした。

レオーネは弾かれたように前へ踏み出し、ギルバートの腕にぎゅっとしがみつく。

「ギルバート様、駄目です！　むやみな殺生《せっしょう》はいけません――」

「――」

「きっと今頃、わたしたちが森に入ったことに気づいた護衛の方々が、こちらに向かっていると思います。この男たちは彼らに任せましょう」

「……」

ギルバートは答えなかったが、剣を持つ腕から力が抜けていくのがはっきりわかった。

それからすぐに「陛下！」と、呼びかける声が聞こえてくる。

「お姿が見えなくなったので、失礼ながら追いかけてまいりましたが、これは――？」

「……わからないが、レオーネを連れて行こうとしていた。おそらく昨日の聞き込みで目を付けられたのだろう。――ここにいる全員に縄を打って王城へ連行しろ。例の薬のことで、新たな情報が得られるかもしれん」

「はっ」

騎士たちが揃って頷く。ならず者は全部で七人いた。そのうちの一人は、腕から血を流してひんひん泣いている。

「……レオーネ、大丈夫か？」

「え……？　は、はい、わたしは全然……。陛下が助けてくださったので」

「そうか」

ギルバートはそう言うと、手にした剣を無造作に地面に落とす。

いつになく悄然《しょうぜん》とした様子に、レオーネは戸惑う。だが、彼にぎゅっと抱きしめられたのには、もっと困惑した。

「へ、陛下……？」

「本当に、おまえに怪我がなくてよかった。もしあの石が、おまえに振り下ろされていたら……」

無事を確かめるように強く抱きしめられて、レオーネは真っ赤になってしまう。――まるで、心から心配されているみたいだ。

(そもそもの原因は、わたしがきちんとあの男を気絶させなかったから。わたしが未熟だったせいで、陛下をこれほど心配させてしまうなんて……)

「申し訳ありません、陛下。本当なら、わたしが陛下をお護りしなくてはいけないのに――」

護衛対象の陛下に助けられるなんて先が思いやられる。

これで王国騎士を目指しているなんて、恥ずかしくて仕方ない。

唇を噛むレオーネに、ギルバートは「馬鹿が」と、なぜか吐き捨てるように言った。

「わたしを護る人間など山ほどいる。おまえがその一人になる必要はない。おまえは護るより、わたしに護られる唯一の存在でいろ」

「陛下……?」

「おまえになにかあったら、わたしは自分自身を許せない」

きっぱりした声音で断言され、レオーネはぽかんとしてしまう。それって、まるで……

(わたしのことを護りたい、って言っているみたい――)

まさか……、いやでも……、とぐるぐる考えているうちに、騎士たちによりならず者は縄を打たれ、全員近くの木々にくくりつけられた。

騎士の一人が応援を呼んできて、その後三人で王城へ護送していくらしい。

レオーネとギルバートは離宮に向かって、きた道を足早に戻った。

襲われたということは、相手方にレオーネたちの滞在している場所が知られている可能性が高い。休暇は明日までだったが、捕らえた男たちの尋問もあるため急遽王城に戻ることになった。

「慌ただしくてすまない。夜までには城に着きたいから、少し飛ばすぞ」

「わたしのことはお気になさらず。乗馬も得意ですから問題ありません」

「そうか。――ここにはまた連れてきてやる。そのときはボートに乗ろう」

馬に乗る直前ギルバートに囁《ささや》かれて、レオーネはボッと赤くなる。と同時に、胸に喜びとも不安とも言えぬ気持ちが広がっていった。

（わたしは陛下の女よけと、不名誉な噂を払拭《ふっしょく》するためにここにいるのよね？）

そんな相手を、またここに連れてきてやるなんて、普通言わないのではないか？

もしかしてギルバートは、レオーネを偽りの婚約者以上の存在として見てくれている――？

（でも、それがわたしの勘違いだったら？　勝手に舞い上がって、あとでそうじゃなかったとわかったら――）

想像するだけで胸が痛んで、レオーネはきゅっと唇を噛みしめる。

――妙な期待は抱くべきではない。自分がつらくなるだけだ。

だが……そう思えば思うほど、自分を抱きしめたギルバートの腕の強さやぬくもりを思い出してしまい、期待する心を止められない。

考えても仕方ないことをついつい考えてしまって、レオーネはそのたびにキリキリした胸の痛みにさいなまれるのであった。

＊　　＊

王城を空けていたのは二日に満たない期間だったというのに、国王の執務机にはもう書類が山積みになっていた。そのほとんどは決定済みの書類で、あとは国王の承認印だけらしいが、それでもギルバートは深々とため息をついた。

レオーネは実務仕事を手伝える立場にないので、申し訳ないと思いつつあてがわれている部屋に戻る。ひとまず旅装を解こうと思っていたら、その前に王太后に捕まった。

「最初はどうなることかと思ったけれど、陛下の休暇にご一緒できるほど仲を深めるなんて素晴らしいわ、レオーネ・フィディオロス！　褒《ほ》めて遣わしてよ」

「あ、ありがとうございます、王太后様」

満面の笑みの王太后を前に、レオーネはつい腰が引けてしまう。

王太后はレオーネのお腹のあたりを見つめて、うふふふふっと嬉しそうに笑った。

「この様子なら、御子ができるのもすぐかもしれませんね！　離宮でもあなたたちが『仲睦まじく』過ごしていたことは聞いていますからね、ふふふふふっ……」

思わず「どうして知っているんですか!?」と言いそうになるのを、レオーネは懸命にこらえた。

いくらなんでも情報が早すぎる気がするが……

（離宮に着いてきたメイドの中に、王太后様と繋がっている子がいたのかしらね？　ありえそう……）

遠い目をするレオーネを尻目に、王太后は「そろそろ結婚式の衣装を考えないとね！」と至極上機嫌だ。

自分の目の届かぬ場所でも二人が仲良くやっていることを知ったからには、さっさとくっつけてあげないと！　と言わんばかりである。

王太后が楽しそうにするほど、レオーネは申し訳なさと不安を感じずにはいられない。

（わたしはあくまで陛下の女よけに過ぎないんです……と言ったところで、それ以上のふれ合いをしたことは確かだから、説得力もないし。実際にお役目を降りるときには、どう説明したらいいのやら……）

だがそれ以上に厄介なのは、自分の気持ちのほうだ。

ギルバートに熱烈に抱かれて、襲撃から助けられ、護られていろと言われて……

あんな必死な姿を見せられたら、どうしたって、自分は彼にとって少しは特別に近い存在になっているのではないかと、期待せずにはいられなくなる。

（陛下に対する忠誠心は変わらないわ。臣下としてあの方の役に立つために働きたいという気持ちも、変わらずに持っている。でも……）

そこに、さらなる欲が出てきてしまった。

女よけでも、悪い噂を払拭《ふっしょく》するための存在でもなく、ギルバートの特別な存在になれたら、という欲が……

（こんな気持ちは、きっと臣下として持つべきものじゃないわ。そう、頭ではわかっているけれど）

心のほうはそうもいかなくて、レオーネはただただ唇を噛みしめる。

いずれにせよ、ギルバートの悪い噂は払拭《ふっしょく》されてきたし、娘をあてがおうとする貴族たちの動きが落ち着けば、レオーネのここでの役目は終わる。

その後の自分がどうなるかは、それこそギルバートの心一つだ。

目の前の王太后様を始め、いろいろなひとを落胆させたり、失望させたりしてしまうかもしれないが、こればかりはレオーネにもどうすることもできない。

せめてお役目が終わったとき、陛下のお役に立てて嬉しかったですと胸を張って言えるようにしておこう。

そんなことを考え、気丈に顔を上げるレオーネだった。


王太后が傍目《はため》にもわかるほど浮かれていること、ギルバートがレオーネを気遣う様子が随所に見られるようになったこと。

そうしたことから、貴族たちはいよいよ二人の結婚が現実味を帯びてきたと思ったらしい。

離宮から戻ってきて三日もすると、ギルバートに娘を薦めていた貴族たちは態度を一変させ、今度はレオーネのもとへ娘を通わせるようになった。

ご機嫌伺いと称してやってきては、ただお茶を飲んでお喋《しゃべ》りをして帰って行く令嬢たちに、最初こそレオーネはぽかんとしていた。

だがそれが何日か続くと、レオーネにも彼女たちの意図がわかってくる。

どうやら彼女たちはギルバートの妃になることをあきらめ、代わりに王妃となる確率の高いレオーネにいち早く取り入り、王宮での地位を確保しようとしているようだ。

だが彼女たちのお喋《しゃべ》りはたいてい最新のドレスについてや流行《はや》りの劇についてなどで、レオーネにとっては退屈なことこの上ない。

最近では同時に何人か招いて、彼女たちのお喋《しゃべ》りの聞き役に徹している。

さらに厄介《やっかい》なのが令嬢たちの父親で、彼らへの対応のほうが大変かもしれなかった。

なにせ堂々と賄賂《わいろ》を差し出して、ギルバートへの取り成しを頼んでくるのだ。

彼らのへりくだった態度の裏には、どうやら先日の違法薬物の件が関係しているらしい。

あの地の領主はやはり違法薬物の売買に関係していて、後日、パレスで乱痴気《らんちき》騒ぎをしていたところを王国騎士に捕らえられたそうだ。

薬の販売ルートを調べていくうちに、領主と結託して甘い汁を吸っていた貴族たちが次々と明らかになっていった。

ギルバートはそうした貴族たちを厳しく追及し、捕らえたり謹慎や尋問を命じたりしている。

少しでも身に覚えのある貴族たちは、いつ自分たちに火の粉が降りかかるかと、気が気でないのだろう。

だからと言って、レオーネにそれを取り成すことなどできるはずがない。

なによりギルバートが王国を良くしようと懸命に働いているときに、自分の保身ばかりを考える貴族たちには、内心腹が立って仕方なかった。

そのため平然と賄賂《わいろ》を渡してくるような相手に対しては、はっきりと「わたしには対応できません」と断るようにしていた。

そんなレオーネの態度は、貴族たちのあいだで評価が分かれた。

生意気だと腹を立てる者もいれば、見所があると認めてくれる者もいる。

曰《いわ》く、おもねる貴族たちに毅然《きぜん》とした態度を取るレオーネは、父であるフィディオロス将軍にそっくりだ。王国の忠臣であるフィディオロス将軍の娘ならば、未来の王妃にふさわしい――と、少しずつ支持する者が増えているらしい。

自分に関する噂が広まっていく中、レオーネ自身の生活も徐々に忙しくなってきていた。

王太后の計らいで、レオーネには王妃教育のための教師がつけられ、礼儀作法から、王国の歴史、王宮での決まり事などを学ぶことになったのだ。

思いがけないことに仰天したレオーネは、最初は固辞しようとした。

まだギルバートが王妃にすると正式に発表したわけでもないのに、先んじて王妃教育を始めるのは時期尚早ではないか……とそれらしい理由を述べて、考え直してほしいと王太后にお願いしたのだが――

「なにを言っているの！　陛下があなたを当初のように蔑《ないがし》ろにしているならまだしも、そうではないのだから、陛下は当然あなたを王妃にするつもりに決まっていますす！」

と押し通されてしまった。

でも日々訪ねてくる令嬢たちのお相手も大変で……、と言えば、王女様方が「そちらはわたくしたちが引き受けるわ！」とホスト役を買って出てくれる。さらに、レオーネに賄賂《わいろ》を持ってくる貴族がいることを聞きつけた王太后が「そちらの相手はわたくしがするわ」と請け合ってくれた。

それ自体はありがたかったが、レオーネの胸中は複雑だった。

この状況に対し、ギルバートからはなんの反応もないのだ。

かといって、レオーネから事実を告げるわけにもいかず、ほとんど流されるように王妃教育を受け始めてしまったが、本当にそれでいいのだろうかという疑問は常に胸を占めている。

もちろん、自分の不勉強で陛下の評判が下がっては大変だからと、授業には熱心に取り組んだ。が、その姿勢がまた素晴らしい心がけだと評価されてしまい、ますます周囲の人々がレオーネを未来の王妃として見る理由になってしまったのだが……

（このままでいいはずがないわ……。やっぱり自分の役目というか、立ち位置に関して、一度陛下としっかり話し合わないと）

周囲が好意的になるほどその思いは高まり、レオーネは折にふれてギルバートにそのことを切り出そうとした。

しかし……いざギルバートに確認して、「おまえはあくまで女よけに過ぎない。そろそろ王城から出て行っても構わない」と言われてしまったら。

そう考えると、質問が喉に張りついたまま出てこなくなって、時間だけが過ぎていく。

そのうえ、彼とは会話らしい会話があまりできていなかった。

ギルバートとゆっくり話せるのは夜だけなのだが、この頃の彼は若い男性らしく性欲に限りがないらしい。二言三言レオーネから近況を聞き出し、元気にやっているとわかると、すぐに不埒《ふらち》な口づけを仕掛けてくるのだ。

離宮で「お気の済むまでお役立てください」と宣言してしまった手前、レオーネに行為を断る術《すべ》はない。

それに……熱烈に抱かれると、もしかしたら、自分はそれなりに思われているのではないか？　という気持ちになって、この幸せを自分から壊したくないと思ってしまうのだ。

（わたしってこんなに女々《めめ》しい人間だったの……？）

そんな自分に愕然《がくぜん》とするやら、失望するやら……朝になるたび、また陛下と話せなかった、という後悔にさいなまれ、がっくりと肩を落とす日々が続いた。

そうしてめまぐるしい毎日を送っているあいだに、気づけばレオーネが王城に上がって、二ヶ月が経過しようとしていた。


その日の朝、レオーネは胸のあたりがムカムカと気持ち悪いことに気づいて、風邪でも引いたのかと首を傾《かし》げた。

「起き上がれないほどではないけれど、なんだかすぐに疲れてしまって……。環境の変化への戸惑いというか、そういうのが今になって出てきたのかしら？」

朝の着替えのときにそうこぼすと、メイドたちはさっと顔色を変えた。そして真剣な面持《おもも》ちで質問してくる。

「レオーネ様、これまでも似たような症状はございませんでしたか？　吐き気や立ちくらみ、軽い腹痛といった症状は？」

「えっ？　そうねぇ……。言われてみれば最近胃もたれしやすいなぁと思っていたけれど。でもほら、王城のお食事は豪華で品数も多いから。……って、みんなどうしたの？」

レオーネがのほほんと話すあいだに、メイドたちの表情は深刻さを増していく。

びっくりして目を見開くレオーネに、メイドたちは確信を持った表情で告げた。

「レオーネ様、どうぞ寝室に戻ってお待ちください。ただいま医師を呼んでまいります」

「え？　どうして？」

「どうしてもです」

その有無《うむ》を言わさぬ雰囲気に、レオーネは気圧されるように頷いた。

すぐさま新しい夜着を着せられて、再び寝台に押し込められる。

空腹だともっと気持ち悪くなるから、と出されたスープを飲んで待っていると、ほどなく王宮付きの医師がやってきた。

「間違いありません。ご懐妊です。最後の月のものから数えて、だいたい十週目くらいでしょう。しばらくは安静にして、剣術や乗馬はもちろん、走ったり飛び跳ねたりすることもお控えください」

レオーネが普段から身体を動かしていることを知っているのだろう。医師は恐ろしい顔でそう釘を刺してきた。

「ご懐妊……って、え、妊娠したってことですか？」

まるで実感の湧かないレオーネは、呆然と繰り返してしまう。

周囲は今にも万歳《ばんざい》しそうな勢いで喜んでいるが、彼女の胸中は複雑だ。

そうこうするうちに王太后が寝室に飛び込んできて、涙を流して抱きついてくる。

「よくやったわ、レオーネ・フィディオロス！　こんなに早く御子を授かるなんて……！　あなたと陛下の子ならきっと元気な子に決まっているわ。ああ、なんて喜ばしいのかしら……！」

ぎゅうぎゅうと抱きしめられて、見かねた医師が「王太后様、お気持ちはわかりますが少し落ち着いてください」と声をかけてきた。

「あら、ごめんなさいね。嬉しさのあまりつい……。ああっ、こうしてはいられないわ。さっそく妊婦によいものを取り寄せましょう。赤ん坊の産着《うぶぎ》も必要ね。レオーネもわからないことがあったらなんでも聞いてちょうだい。なにせわたくしは、妊娠出産を五回も経験しているのですからね！」

そうして王太后は少女のように頬を染め、嵐のごとく部屋を去っていった。

あの様子ではきっと、レオーネの懐妊の報は夜までに城中に広まっているだろう。

(まだ結婚もしていないのに……いや、そもそも結婚するかもわからないのに、いいのかしら?)

今後のことについて、ギルバートと相談しなければならない。

これまでぐずぐずと先延ばしにしていたことを目の前に突き付けられた気がして、レオーネは無意識に胃のあたりをさする。

一人で悶々《もんもん》としていても仕方がない。こうしているあいだにも、お腹の中で赤ん坊は育つのだ。

レオーネは覚悟を決め、にこにこしているメイドたちに呼びかけた。

「まずは陛下にお知らせしないといけないわ。悪いけど、誰か陛下をお呼びして――」

「わたしなら、もうきている」

寝室の扉が開いて、ギルバートが顔を出した。どうやら王太后と鉢合わせないよう時間差でやってきたらしい。

「子ができたそうだな」

ギルバートの言葉に、レオーネは神妙に頷く。

「はい……」

室内にいた医師やメイドたちは、気を遣って退室していった。

扉が閉まり、二人きりになったことで、レオーネの緊張が否応《いやおう》なく高まる。

そもそもギルバートは、レオーネが妊娠したことをどう思っているのだろう? することをしていたのだから、いつかこうなることはわかっていただろうが……

（もしかして、迷惑に思っていたりする？　面倒事が増えた、みたいに……）

ギルバートは、一刻も早く王宮内にはびこる膿を出し切り、内政を安定させることを一番に考えているのだ。

そんな中、自分の子を妊娠した女など、邪魔になるのではないだろうか……？

ギルバートがレオーネの腹部を見つめたままなにも言わないので、知らず唇が震えてしまう。

そのとき、扉が外からノックされた。

「国王陛下、申し訳ございません、急ぎご裁可いただきたい案件が届きまして――」

「わかった。すぐ行く」

短く返したギルバートは、レオーネの肩をそっと押して寝台に横にさせる。そして優しい手つきで毛布を掛けてくれた。

「陛下……」

「今はとにかく身体を冷やさないようにして、安静にしていろ。……今後のことについては、追々決めていく。心配するな」

またくる、と短く告げると、ギルバートは部屋を出て行ってしまった。

……ギルバートのことだ。生まれた子を蔑《ないがし》ろにすることは決してしないだろう。

でも、子供ができたことについて、彼がどう思っているのか結局わからないままだ。

気持ちがモヤモヤし、レオーネはついつい、重いため息をついてしまう。

こんなとき、いつもだったら外に出て思いきり身体を動かせば発散できた。

だが妊娠したとなればそれもできない。

これからどうしたらいいのか……

一人途方に暮れるレオーネは、柄にもなく沈み込むのだった。

＊　＊

あのあとも、一向にギルバートと話し合う機会は訪れずにいた。

なぜかと言えば、隣国スレイグ王国から使節団を迎えることになったからだ。

スレイグ王国とは、レオーネの故郷であるフィディオロス領の北に位置する国であり、つい先日、一斉摘発された例の薬に関わっていると思われる国でもある。

このタイミングで使節団を送ってきた裏には、おそらくなにか思惑があるに違いない。

ギルバートたちは急遽その対応に追われることになったのだ。

もちろん表立って対立するわけにはいかないので、両国の親睦を深める歓迎式典や、舞踏会の用意も同時に進めている。

本来、こうした歓迎の催《もよお》しは王妃が取り仕切る仕事のようだが、現在王妃が不在のため、王太后が指揮を執《と》っているらしい。おかげで王太后の訪れもめっきり減ってしまった。

レオーネは日がな一日寝台に横になり、無限の退屈とたまにやってくる吐き気を、ひたすらこらえる日々を送っていた。

（こういう生活を送っていると、うしろ向きなことばかり考えてしまうわね。こんなの、全然わたしらしくない……）

だからといって騒いだり愚痴《ぐち》を言ったりすれば、世話をしてくれるメイドたちを心配させてしまう。結果、なにもかも一人で抱え込むことになり、気持ちは塞いでいく一方だった。

——そんな状態で十日ほど経った頃、スレイグ王国から使節団がやってきたと報せが入った。

＊　＊

「——陛下、差し出がましいことを申しますが、もう少しにこやかにお願いいたします」

「これでも充分、にこやかにしているつもりだが、なにか問題でも？」

「今にも相手を射殺しそうな目をしております」

スレイグからの使節団を迎える直前、宰相にそう指摘され、ギルバートはいっそう眉間の皺《しわ》を深めて不機嫌な顔になった。

王城の前には、ぞろぞろと隣国からの馬車が入ってきている。

国を代表する使者が乗っているのだから当然だが、なんともきらびやかで豪華な馬車である。そのぎらぎらした装飾にすら、今のギルバートはいらだちを覚えて仕方なかった。

（おまえたちの訪問のおかげで、未だレオーネと話す機会を持てずにいるんだぞ）

そう文句を言って追い返したいのが本音だった。

だが一国の王である以上、そのようなことはもちろんできない。

そのためギルバートは、目の前に停まった豪華な馬車を睨《にら》みつけないよう全神経を使う。

ギルバートの視線に気づいているのかいないのか、馬車の御者はそそくさと御者台から降りると、滑稽《こっけい》なほど大仰《おおぎょう》な仕草で馬車の扉を開いた。

御者の手を借り降り立ったのは、この一行の代表者。

馬車同様きらびやかなドレスに身を包んだ、ほっそりした姫君だった。

「お初にお目にかかります、グリスフィン国王ギルバート陛下。スレイグ王国第一王女、グロリアでございます。以後お見知りおきを……」

真っ赤なドレスの裾《すそ》を持って礼をする美しい姫君に、周囲に並ぶ大臣たちから「ほぅ……」とため息がこぼれる。それを忌々《いまいま》しく思いながら、ギルバートも挨拶《あいさつ》した。

「遠路はるばる、ようこそおいでくださった。案内の者をつけるので、まずは旅の疲れを癒《いや》されるといい。二時間後に会談を行《おこな》うことにします」

「お心遣いありがとうございます。でも、二時間も必要ございませんわ。わたくしはすぐにでも、陛下とお話しさせていただきたいと思っておりますの」

グロリア王女はにっこりと強気な笑みを見せる。ギルバートの眉がピクリと跳ねた。

「……いいでしょう、それならすぐにでも話を」

「会談の場には、もちろん陛下がエスコートしてくださいますわよね？」

それが当然とばかりに右手を差し出されるが、ギルバートは無視した。

「案内は女官にさせます。わたしは一足先に向かいますので。のちほど」

他国の使者相手にかなり横柄な態度だが、もとよりギルバートに相手を歓待する気はない。例の薬の摘発があった直後に会談を申し込んでくるなど、裏があるに決まっているからだ。

つれないギルバートの態度に、王女は気分を害すどころか楽しそうに笑いながら、勝手にあとをついてきた。

「陛下がとある伯爵令嬢に夢中であることは、我が国の王宮でも話題になっておりますのよ。この機会に是非陛下がご寵愛なさる方にご挨拶《あいさつ》したいですわ」

「会わせる予定はありません」

「まぁ……。でも、そうですわよね。ご懐妊がわかったばかりと聞いておりますもの。きっとお身体がつらい時期なのでしょうね」

どうやらレオーネが妊娠していることも知られているらしい。そのことを知りながら平然と『会いたい』と言ってくる王女に、ギルバートは内心で舌打ちした。

最近のレオーネは沈みがちだと聞いている。医師によれば、気持ちが不安定になるのは妊娠初期によくある症状らしい。

そんな状態のレオーネにこの王女を会わせる義理など、これっぽっちもない。

だが王女は楽しげにレオーネのことを話題に出してくる。

「聞くところによると、そのご令嬢は将軍職にあるお父上の影響で、剣や乗馬もされるのでしょう？　わたくしそれを聞いてから、乗馬の訓練を始めましたのよ。いつか陛下と轡《くつわ》を並べてお出かけできたらと思いまして……」

そうなることを想像したギルバートは、思わず吐き気を催《もよお》す。

こうして近くを歩くだけでも、王女の香水の匂いで鼻が曲がりそうになっているのだ。

当然のように自分の希望を通そうとするこの王女は、確実にギルバートの嫌うタイプの女だ。たとえレオーネの存在がなくても、一緒に乗馬を楽しむことなどあり得ない。

だが国元から命じられているのか、王女はなんとかギルバートに近づこうとしきりに話しかけてくる。

「陛下が鍛錬しているお姿を拝見したいですわ。さぞご立派なのでしょうね」

「ここをまっすぐに行った突き当たりが、会談のために用意させた部屋です。どうぞお先に。わたしは所用を済ませてから参ります」

「まぁ、もう到着してしまいましたのね。では、先に入っておりますわ」

グロリアはにっこり笑うと、一緒にやってきた男たちをぞろぞろ引き連れて部屋に入っていく。

ギルバートは苦々しいため息をつき、衛兵と侍従を呼び寄せた。

「あの女、レオーネになにをするかわからん。彼女の周囲の警護を徹底するように」

「はっ」

衛兵たちはすぐに散っていく。

うしろからついてきた宰相が、やれやれといった様子でため息をついた。

「あの王女様の目的は、どうやら陛下のお妃の座のようですな。なんとも面倒なことです」

「あの王女を売り込み、薬のことをうやむやにするつもりか。そんな手に乗ると思われているなら、わたしも舐《な》められたものだな」

「陛下はお若く、王位を継いで間もない。また、未だ王妃も後継ぎもいないとなれば、御しやすいと思ったのでしょうな。一刻も早くお帰りいただくよう努めましょう。……そうでないと、レオーネ様とお過ごしになる時間も取れませんからな」

ちらっと視線を寄越してきた宰相から、責められているように感じた。

ギルバートは、ばつの悪い思いで目を逸《そ》らす。

「陛下、会談のための資料が揃いました」

「……よし、ならばさっさと始めよう。皆、よろしく頼む」

「かしこまりました」

ギルバート自身が見出して任命した大臣たちは、いずれも真剣な面持《おもも》ちで頷く。

とにかく今は、スレイグ王国への対処だ。

レオーネのことをいったん胸の内にしまい、ギルバートは会談の場に入る。

だがどうしたことか、当の王女の姿が部屋のどこにもない。

――面倒な会談はほかの者に任せて、先に客室に行ったのだろうか？

そう考えたギルバートは、無責任な王女の言動にため息をつく。

とにかくさっさと終わらせようという気持ちが高まり、ギルバートはすぐに席に着いた。

そんな状態だったから、ギルバートは思いもしなかったのだ。

まさか王女が、思いもかけない場所へ足を運んでいるなど。

こうして自分がつまらない口上にまみれているあいだに、レオーネが不快な思いをしているなど、想像もしなかった。


「――失礼いたします。レオーネ様、先程到着されたスレイグ王国の王女様が、レオーネ様にご挨拶《あいさつ》したいとおっしゃっていまして……」

今日も今日とて寝台に押し込められ、退屈しのぎに本を読んでいたレオーネは、不安そうなメイドの言葉に目を丸くした。

「スレイグ王国の王女様……？　どうしてそのような方がわたしのところに」

「なんでも、ご懐妊のお祝いをお伝えしたいそうで。王女様は今回の使節団の代表としてこちらにいらしたそうです」

レオーネはまたまた驚く。王女様が使節団の代表だったなんて。

急な来訪に、どう対応すればいいのかわからない。

王太后様や王女様のお知恵を拝借できないかと思ったが、どなたも夜の舞踏会のための準備で忙しく、すぐには連絡が付かない状況だった。

レオーネは迷った末、本を閉じて起き上がった。

「王女様をお待たせするのはよくないわね……。すぐ着替えるわ。手伝ってくれる？　王女様は応接間にお通しして、お茶とお菓子の用意を」

「かしこまりました」

レオーネは大急ぎで夜着からドレスに着替える。コルセットは締めずに、胸の下で切り替えるゆったりしたドレスを着てショールを羽織った。

髪も軽く結い上げて、久々に寝室を出て応接間へ入る。

「お待たせいたしました。王女様にはご機嫌麗《うるわ》しく。レオーネ・フィディオロスと申します」

「初めまして。どうか楽にしてちょうだい。陛下の御子を妊娠中なのでしょう？　なにかあってはいけませんから」

言葉だけ聞くと優しいと思えるが、匂いのきつい香水をつけているのには参った。

妊娠してからどうも匂いに敏感になっているレオーネは、洗い立てのシーツや焼きたてのパンの匂いにも胸がムカムカしてくる状態なのだ。

正直なところ、王女の纏《まと》う香水の匂いで気持ち悪くなりそうだった。

「どうぞ、座ってちょうだい。妊婦がずっと立っているのはよくないわ」

「……ありがとうございます。お言葉に甘えさせていただきます」

部屋の主《あるじ》はレオーネなのだが、主導権は完全に王女が握っている。向かいに座ったレオーネは、失礼にならない程度に王女を観察する。

たっぷりとした艶《つや》やかな赤毛を結い上げ、真っ赤なドレスに身を包んだ王女は、微笑んで座っているだけでも王族としての威厳に満ちていた。

耳や首元を飾る宝石は一級品で、普段着のドレスで対面するレオーネは気後れしてくる。

おまけに王女のうしろにはお付きらしき貴族がずらっと控えていた。

しかし、そのうちの何人かはレオーネも見知った顔で、なんとなく嫌な予感を覚える。

彼らは以前、レオーネに賄賂《わいろ》を送ってきた者たちで、その後は面会自体を断っている貴族たちだった。

レオーネの視線に気づいたのか、王女がにっこり笑って話し出す。

「せっかくだから、皆を紹介しておくわね。こちらの二人はわたくしとともにスレイグからやってきた者たちよ。そしてこちらの方々はこの国の貴族だけど、わたくしがこの国の王妃となることに賛同してくれているの」

落ち着くためにお茶を飲もうとしていたレオーネは、危うくそれを噴き出しそうになった。

（今、この王女様はなんと言った？）

目を白黒させるレオーネに、王女は真っ赤な紅を引いた唇で綺麗な弧を描いた。

「レオーネ、と言ったかしら？　聞けばあなたは地方の伯爵家の出身だそうね？　お父上は将軍位にあるようだけど、長いこと僻地《へきち》を転々としていて、中央ではさほど重用《ちょうよう》されていないとかなんとか」

父のことを馬鹿にされたレオーネはむっと眉を顰《ひそ》める。黙っていては王女の言葉を肯定することになると思い、毅然《きぜん》と背筋を伸ばして返答した。

「恐れながら、地方への派遣が多いのは、父がそれだけ国王陛下の信頼を得ているからです。父のことは前王様の時代からの忠臣であると、王太后様もお認めくださっています」

「あらそう。まぁどうでもいいけれど」

レオーネが熱くなるのと逆に、王女は冷めた様子でそう返した。

「ところで今回のわたくしたちの訪問の目的がなんなのかは、陛下から聞かされていて？」

「……政《まつりごと》に関することは、伺っておりません」

「あら、奥ゆかしいのね。それとも、あなたの父親と違って、あなた自身は陛下に信頼されていないのかしら？」

（いちいち腹が立つ言い方をしてくるな……）

だがなにも知らされていないのは事実だけに、レオーネは反論できず黙り込む。

「実は今、両国のあいだで北の鉱山についての話が進んでいるのよ」

「北の鉱山？　それは……」

フィディオロス領にある炭鉱のことだろうか？　興味を示したレオーネに、王女はにっこりと頷いた。

「そう、あなたの故郷があるあたりで、新しい鉱脈が見つかったのよ。ただ鉱脈は我が国とグリスフィン王国を跨《また》いでいるので、その権利を巡《めぐ》って協議が行《おこな》われているというわけ」

初めて知る事実にレオーネは目を丸くする。訪問の目的は、てっきり例の薬に関することかと思っていた。

（いや、鉱脈の権利をちらつかせて、薬の件をうやむやにする気なのかも……？）

レオーネは注意深く王女を観察するが、彼女はにっこり微笑んだ。

「そしてわたくしのお父様——つまりスレイグ国王は、ギルバート陛下がある条件を呑むなら、新たな鉱脈の権利をすべてグリスフィンに譲るとおっしゃっているわ」

「鉱脈の権利すべてを⁉」

いかにも破格の申し出だ。それだけに、その『条件』とやらがとんでもないことであることが察せられる。

レオーネは息を詰めて目の前の王女を見やった。

この話し合いの内容で、使節団の代表が外務大臣などではなく、王女様ということは……

「ふふっ、どうやら頭は悪くないようね。あなたの考える通りよ。わが国が出す条件は、わたくしがギルバート陛下のもとへ嫁ぐこと。わたくしをこの国の王妃として迎え入れることよ」

想像通りとはいえ、はっきり言葉にされるとレオーネの胸に衝撃が走る。無意識に肩を震わすレオーネを見て、目の前の王女が笑みを深めた。

「もちろん産出される鉱石はスレイグにも融通《ゆうずう》してもらうことになるわ。国交が今以上に活性化するのは間違いないでしょう」

手にした扇を広げ優雅にあおぎながら、王女は歌うように告げた。

「つまり、わたくしが王妃として嫁ぐことで、この国に利をもたらすというわけ。田舎《いなか》育ちの娘でもそれくらいわかるわよね？」

レオーネは答えなかったが、王女の目が『伯爵家の娘ごときが、利益を生む王女に太刀打《たちう》ちできるはずがないわよね？』と挑戦的に問いかけているのがはっきり感じ取れた。

新しく見つかった鉱脈がどれほどの利を生むのか、レオーネにはわからない。

だがこれから調査するにしても人手は必要だし、実際に採掘するとなれば、フィディオロス領の民が回されるのは間違いないだろう。

仕事が増えれば、そのぶん領民の収益も上がり暮らしが豊かになる。フィディオロス領にとってもいいことなのだ。

『生まれ故郷に相応の利益を与えてやるから、おまえは潔《いさぎよ》く身を引け』という王女の……いや、スレイグ王国の本音を突き付けられた気がして、レオーネはきゅっと唇を噛みしめた。

「ああでも、勘違いしないで。わたくしはあなたを邪険にするつもりはないの。だってあなたのお腹にはすでにギルバート陛下の御子がいるのですもの。王城は無理でも、王都の近くに屋敷を用意して、そちらでなに不自由なく暮らしてもらうつもりよ。そうね、馬で半日くらいの距離に。そうすれば陛下もあなたやあなたの子供の顔を見に行けるでしょうし」

王女は楽しげに提案してくる。側室の存在を認めるわたくしは心が広いでしょう？　とでも言いたいのだろうか。……言いたいのだろうな、たぶん。

(いきなりきたかと思えば、勝手なことばっかり言って……。でも一国の王妃になるには、これくらいはっきりものを言えないと駄目なのかもしれないわね)

自信満々、理路整然と話す王女を見ていると、ついそんなことを考えてしまう。

レオーネが黙っているのをいいことに、王女のうしろに並ぶ貴族たちが得意げに口を開いた。

「スレイグ王国の家系をたどりますと、三代前の王妃がこの国の王女だったということがわかっております。我が王家に王女様が嫁いでこられれば、王家のより正しい血統が受け継がれることになるでしょう」

「それに今回の案を呑めば、前王の代から滞《とどこお》っていた麦の関税の件も見直されるとのことです」

「鉄の取引もさらに活性化されることでしょう。新たな行路を引く案も、具体的に検討していくことになるでしょうな」

それに、と貴族たちは一度目を見交わすと、揃ってレオーネに嘲《あざけ》りの視線を向けてきた。

「作法も碌《ろく》に知らぬ田舎《いなか》娘には、王妃の位《くらい》は重すぎるでしょう」

「女だてらに剣を振り回し、馬を乗りこなすなど、はしたないことこの上ありませんからなぁ」

「生まれてくるのが王女だとして、もし母親と同じようなじゃじゃ馬に育ったら、我が国の恥です」

上から見下ろす形であれこれ並べ立てられ、さしものレオーネもカチンときた。手にしていたカップをやや乱暴にソーサーに戻し、勢いよく立ち上がる。

「あなた方がはしたない、じゃじゃ馬と言うわたしを、婚約者として側に置いておられるのは国王陛下です。今の言葉は、その陛下をも侮辱することだとわかった上での発言ですか？」

レオーネの強い言葉に、それまでニヤニヤしていた貴族たちは明らかにひるんだ。レオーネは強いまなざしで彼らを睨《にら》みつけ、王女に視線を戻す。

「いずれにせよ、今後のことを決めるのはわたしではなく、ギルバート陛下です。わたしは陛下の決定に従いますので、この場で申し上げることはなにもありません」

きっぱり告げるレオーネに、王女がわずかに鼻白む。一触即発の雰囲気に、貴族たちはもちろんメイドたちも青くなるが、ほどなく王女のほうがふっとため息をついた。

「わかったわ。今日はこれでお暇《いとま》します。あまり妊婦さんを興奮させてはいけませんしね」

ドレスの裾《すそ》を優雅にさばいて立ち上がった王女は、扇の陰からちらっと視線を向けてきた。

「でも、あなたも考えておくといいわ。陛下にとって、そしてこの国にとって、いったいなにが最善なのかを。――ごめんあそばせ」

扇をひらりと揺らして、王女は悠然と立ち去る。そのあとを貴族たちが慌てて追いかけるのがなんとも滑稽《こっけい》だった。

彼らが立ち去るまで厳しい表情でいたレオーネは、扉がバタンと閉まる音を聞いて息を吐き出す。足から力が抜けて、よろよろと長椅子に座り込んだ。

「レオーネ様、大丈夫ですか？」

「ええ。……っ」

答えた側から、お腹がずきんとかすかに痛んで、思わず顔をしかめる。とっさに腹部に手をやったレオーネを見て、メイドの一人がすぐに医師のもとへ走った。

ドレスのまま長椅子に横になって待っていると、駆けつけた医師がすぐに診察を始める。幸い異常はなかったが、緊張したのがよくなかったのだろうと言われ、今日一日寝台から頭を起こすなと言われてしまった。

――陛下にとって、そしてこの国にとって、いったいなにが最善なのか、か……

寝室に移動し、寝台の天蓋《てんがい》を見つめながら、レオーネは先程の王女の言葉を思い出していた。

（面と向かってあんなことを言われるなんて……。でも、中途半端なわたしの立場がいけないの

よね）

レオーネは一応ギルバートの婚約者という立場ではあるが、未だ結婚について具体的な発表はされていない。スレイグ側としてはまだ充分、割って入る可能性があると考えているのだろう。

——これからどうしたらいいのだろう。

彼がお妃様を迎えるタイミングでお側を離れればいいと、最初の頃は考えていた。それがギルバートの役に立つことなのだと信じていた。

それなのに、ギルバートの子を身ごもってしまった。

……そのせいで、今や自分は彼の足を引っ張っているのではないだろうか？　役に立つどころか、足手まといになっているのでは……？

考えれば考えるほど背筋が冷たくなってくる。

自分がここにいることで、ギルバートに迷惑をかけていたらどうしよう。

そう思うととても落ち着いていられなくて、レオーネはぎゅっとまぶたを閉じるのだった。

メイドか医師から連絡がいったのだろう。夜になってギルバートが訪ねてきた。

昼から食事と用足しのとき以外ずっと横になって、うつらうつらしていたレオーネは、足音を聞いて目を覚ます。

久々に顔を見たギルバートは、少し心配そうな顔をしていた。

「昼間、ここにスレイグの王女がきたと聞いた。その直後に体調を崩したらしいが……なにを言われた？」

悄然《しょうぜん》とするレオーネに気づいたのか、なにかあったのだろうと確信を持った様子で尋ねてくる。

レオーネは答えようとするも、先程からずっと胸を占める不安が喉元を塞いで、なにも言えなくなってしまう。

もしギルバートが自分の存在を迷惑に思っていたらどうしよう。

あの王女様をお妃にすると決めたのだとしたら……

グロリア王女の自信たっぷりな言動や、お付きの貴族に言われたことが脳裏によみがえる。不安が頂点に達し、気づけば勝手に言葉が口から飛び出していた。

「生まれながらの王族だからでしょうか、王女様はとても堂々としていて……一国の王妃にふさわしい気概をお持ちだと感じました。きっとああいう方を、王妃にふさわしいと多くのひとは考えるのでしょうね……」

言いたい、尋ねたいとずっと思っていたことからほど遠い言葉が出てしまって、レオーネはかすかに狼狽《うろた》える。

だが、それ以上に激しい反応を見せたのはギルバートだった。心配そうだった面持《おもも》ちから一転、険しい顔つきになる。

「陛下――」

「王女からなにを言われたか知らないが、それくらいで弱気になって考えを変えるようなら、確かに一国の王妃にふさわしくないな」

強い口調で言い放たれて、レオーネは息を呑む。目を見開いたまま固まった彼女に、ギルバートはなおも厳しい言葉を重ねた。

「わたしがいくら拒絶しても、めげずに立ち向かってきたおまえはどこへ行ったのだ？　王女に揺さぶられたくらいで引き下がるなら、わたしの見込み違いだったな……。その程度の気持ちしかない者に、わたしの隣に立つ資格はない」

「……」

レオーネはなにも言えずに硬直する。

眉間に皺《しわ》を寄せたギルバートは、それきりなにも言わず踵《きびす》を返した。

「陛下――」

このまま彼が去って行くことに恐怖を覚えて、レオーネはとっさに呼び止める。

ギルバートは足を止めたが、レオーネを振り返ることはなかった。

「……養生しろ。今はおまえ一人の身体ではないのだから」

それだけ言うと、自《みずか》ら扉を開けて出て行ってしまう。

レオーネは起き上がりかけていた身体をずるずると寝台に戻す。震える手で顔を覆《おお》って、細く長いため息を吐き出した。

目の奥が熱くて、喉元がじりじりと焦《こ》げついていくようだ。

（わたしのバカ……っ、バカバカバカ！　陛下が怒るのも無理ないじゃないの……！）

どうして「グロリア王女のほうが王妃にふさわしい」なんて言ってしまったのだろう？

確かに堂々とした振る舞いは王族らしいと思ったが、前触れなく訪問してきたり、あからさまにこちらを見下す態度には、かなりむっとしていたはずなのに。

（少しでも弱いところを突かれると、それに心が引きずられてしまうのかしら？）

なんにせよ今の自分はずいぶん弱っているらしい。こんなふうに悪いことばかり考えてしまうのは、きっと妊娠で不安定になっているからなのだろう。

「陛下の言う通り、もっと気を強く持たなくちゃね……」

だけど……『養生しろ』というのが、レオーネではなく、お腹の中の子供を気遣っての言葉だったとしたら……？

（わたしはいなくなってもいいけど、自分の血を引く子供は欲しいから、とか……？）

また悪い考えが浮かんできて、レオーネは慌てて首を横に振る。

本当に自分はどうしてしまったのだろう。今までになく弱気な考えに取り憑《つ》かれてしまっている。

「ああ、もう、やめやめ！　さっさと寝ちゃいましょうっ」

落ち込んでいるときは早く眠るに限る。

だが一日ベッドで休んでいたせいか、一向に眠気は訪れてくれない。

ギルバートの怒った顔を思い出しては、レオーネはキリキリ痛む胸に泣きそうになるのだった。

＊　　＊

——それから数日。

あれ以来、ギルバートがレオーネのもとを訪れることはなかった。

普段の執務に加え、外国の使節団を迎えている最中だから、ゆっくり食事をする時間もないのだと聞いている。

だが、時折メイドから『スレイグの王女様は時間があれば陛下のお部屋に押しかけている』だとか、『王太后様や王女様たちにまで取り入ろうとして、殿方たちが難しい話をしている最中はサロンに入り浸《びた》っている』などの話を聞けば無心ではいられない。

なにもできないどころか完全にお荷物になっている自分に、歯がゆさと悔しさが日に日に募《つの》っていく。

そうしてフラストレーションでいっぱいになった頃、予想だにしなかった来客がレオーネのもとを訪れた。

「レオーネ——！　三ヶ月ぶりだな。元気にやっているか？」

「えっ……お父様!?」

医師からそろそろ寝台を離れても大丈夫とお墨付きをもらったレオーネは、久々にドレスに着替えて居間でお茶を飲んでいた。そこへ訪れたのは、相変わらず熊もかくやという立派な体躯をしたレオーネの父、フィディオロス将軍だった。

「お久しぶりです、お父様……！　いつ王都に戻っていらしたの？」

「ちょうど昨日だ。おまえが王妃候補に選ばれたとセルダムに聞いたときには驚いたが、おまえならなんとかなるだろうと思っていた。が、まさか陛下の御子まで身ごもるとはな！　こっちに着いて驚いたぞ！　で、婚姻の話はどうなってるんだ？」

驚いたとは言うが、結婚前に不謹慎な、と言わないところが父らしい。それどころか「産まれるのが楽しみだなぁ」とレオーネの妊娠を喜び、気の早いことを言っている。

妊娠後、ギルバートの訪れがめっきり減っていたこともあり、レオーネ付きのメイドたちも浮かない顔をしていることが多かった。それらを豪快に吹き飛ばす父の登場は、レオーネにとってもありがたいことだった。

「ありがとう、お父様。あの、でも婚姻に関しては、その……具体的な話は、まだ……」

レオーネが言いよどむと、それまでにこにこしていた父は、たちまち険しい形相《ぎょうそう》になった。

「……まさかあの小僧、ひとの娘を妊娠させておいて、責任を取らないつもりか……!?」

フィディオロス将軍は勢いよく立ち上がる。勢いがよすぎてテーブルと長椅子が音を立ててずれたくらいだ。

ギルバートの幼少期に武術の指南役を仰せつかっていただけに、相手が国王であろうと、娘をもてあそぶ輩《やから》は殴り飛ばしてやると言わんばかりの雰囲気である。

額《ひたい》に青筋を立てて、今にもギルバートのもとへ乗り込んでいきそうな父を、レオーネは慌てて止めた。

「そういうわけじゃなくて！　あのね、わたしから話していいことかわからないから割愛《かつあい》するけれど、今ちょうどスレイグの使節団がやってきていて――」

鉱脈云々《うんぬん》のことはどうやら父もまだ知らないらしいので、隣国の王女がギルバートに求婚しているということだけ、かいつまんで話す。

父はひとまず腰を落ち着けたが、レオーネの話を聞くあいだもしかめっ面《つら》のままだった。

「それでわたし、この先どうするべきかを考えてしまって……。領地に帰るとか、ここを離れたほうがいいのかなって思って」

「――馬鹿野郎!!　おれはおまえをそんな弱気なことを言う娘に育てた覚えはないぞ！」

レオーネの言葉を遮《さえぎ》って、将軍がドンッとテーブルを拳《こぶし》で叩く。置かれていたカップが跳ねて、お茶があたりに飛び散った。

レオーネもびっくりして、息を詰めて父を見つめる。

「お父様……」

「国のことやら政治のことやら、そういう小難しいことを考えるのは陛下や大臣たちの仕事だ。おまえがあれこれ考えることじゃない。それよりも、おまえ自身がどうしたいのかを考えろ」

「わたし自身が……？」

レオーネは目を見張る。

言われてみれば、確かにギルバートや国や領地のために、なにが最善かばかりを考えていた……。

「いいか、レオーネ。誰かやなにかのために、自分にできることを考えるのは立派なことだ。美しい志《こころざし》だ。だがな、今のおまえはもっともらしい理由を並べ立てて、ここから逃げようとしているに過ぎん！」

再びドンッとテーブルを叩いて、将軍は力説する。

「仮におまえがここで領地に帰ることを選択したとして、だ。のちのちその選択を振り返ったとき、『誰かのせいで自分はこうなったのだ』と、思わないでいられるか？」

レオーネは父のその言葉に、ハッと息を呑んだ。

「『陛下のために身を引いた』というのは、反対に『陛下が引き留めてくだされば身を引かなかったのに』ということにならないか。おまえの中途半端な決意は、後悔だけでなく、筋違いの恨みや憎しみまで生むことになるかもしれないんだぞ」

父の言葉に、レオーネは目を見張ったまま動けなくなる。まるでモヤモヤした胸の中を雷が貫いたような衝撃だった。目の覚める思いとは、まさにこのことを言うのだろう。

「フィディオロス将軍の言う通りですよ、レオーネ・フィディオロス！」

そのときだ。いったいいつからそこにいたのか、いきなり続き間の扉を開けて、王太后が姿を現した。

「お、王太后様！　いつからそこに」

「ついさっきですよ。あの王女がまたやってきて辟易《へきえき》していたときに、フィディオロス将軍が帰還したという報せを受けてね。挨拶《あいさつ》してくるという名目で面会を切り上げてきたのです。もう本当にあの王女様ときたら、こちらの都合はお構いなしなのだから」

ぷりぷりと頬を膨らませながら将軍の隣に並んだ王太后も、レオーネにひたと視線を合わせてきた。

「いいですか、レオーネ・フィディオロス、今のあなたは身重なのです。妊娠中というのはとても気持ちが不安定になるものなのよ。だから弱気になったり、些細《ささい》なことで落ち込んでしまったりするのは当たり前なのです。五人も産んだわたくしが言うのだから間違いありません！」

大きな胸をこれでもかと張って、王太后は断言する。

「そういう状態だからこそ、あなたは自分の気持ちに正直でいなければなりません！　どのみち、わたくしはスレイグの王女が息子の嫁になるのは反対です。わたくしが王妃に求める最も重要な点は、いかに息子を愛し、支えてくれるかということですからね」

王太后はもう耐えられないとばかりに、スレイグの王女がいかに独りよがりか、いかにギルバートの政務や予定を邪魔しているかを並べ立て、もし彼女が王妃になれば、さらなる我儘《わがまま》ぶりを発揮するに違いないと吐き捨てた。

「あの王女、常にギルバートのことを考え、そのために動くレオーネとは大違いだわ！　――レオーネ・フィディオロス、わたくしはあなたが陛下のために、いかに心を砕き寄り添ってきたかを理解しています。国王の重責は計り知れません。生涯その道を歩む息子には、あの子を第一に考え、寄り添い支えるあなたのような存在が必要不可欠なのです。わたくしは、あなたこそ王妃にふさわしい娘だと思っています！」

「王太后様……」

レオーネは不覚にも涙ぐみそうになる。

「もし王妃になる上で不安に思うことがあれば、それはこれから皆で補っていけばいいだけのことです。わたくしも王女たちも、この王宮のしきたりでも王族としての振る舞いでも、いくらでもあなたに教えるわ。だからなにも心配に思うことはないのよ。――それに、あんな香水臭い女、そもそもギルバートの好みじゃありませんからね」

王太后が目を据わらせて付け足した一言に、レオーネは思わず噴き出しそうになった。

レオーネの気持ちが徐々に緩んできたことがわかったのだろう。王太后はテーブルを回りレオーネの隣に腰掛けると、ぎゅっと手を握ってきた。

「ギルバートは、なんの気持ちもない女性を妊娠させたりしませんよ。あの子はきっと言葉にしないだけで、あなたを王妃にすると決めているはずです。だから自信を持っていいのですよ、レオーネ」

王太后の言葉に、父将軍も「うむ」と重々しく頷く。

二人の温かな視線を受けて、レオーネはそっと自分の胸に手を当てた。

……そもそもレオーネは、ギルバートの役に立ちたい一心で王都に出てきた。

思いがけず城に上がってからは、彼の悪い噂を払拭《ふっしょく》するため、そして正式なお妃様を迎えるまでの女よけとして、彼の側にいると決めたのだ。

レオーネがここにいる動機は、すべて敬愛するギルバートの役に立ちたいという気持ちに繋がっていた。そしてその気持ちは今も変わらず胸の中にある。

ギルバートが当初の予定通り、自《みずか》ら彼にふさわしいお妃様を迎えるなら……レオーネも身を引くことを迷ったりしないだろう。しかし、その相手があのスレイグの王女様だったらどうだろう……？

ギルバートはあまり表情を変えないので一見わかりづらいけれど、本当はとても優しく、真面目な性格をしている。王妃に迎える女性を蔑《ないがし》ろにすることは決してないはずだ。

だが……王太后曰《いわ》く、スレイグの王女はギルバートの迷惑になることしかやっていないという。

そんな人物が王妃になることが、本当にギルバートのためになるのだろうか……？

できれば彼には愛し愛される相手と結ばれて、国王としてだけではなく、一人の男性としても幸せになってもらいたい。

王太后の言葉ではないが、ギルバートに寄り添い、支えてくれるひとに王妃になってもらいたい。

(じゃあ、真にギルバート様を思う女性が王妃になるとしたら……わたしはその方を素直に祝福することができるかしら?)

正直、あまり自信がない。きっと、どんなに完璧な女性が相手であっても、今の自分はギルバートの隣に立ってほしくないと思うだろう。

(わたしが……ずっと、ギルバート様に寄り添いたいと思うから。ギルバート様を支えて、愛していくのは……わたしであってほしいと、思ってしまうから)

胸の奥から湧き上がってきた答えに、レオーネは小さく息を呑む。

いったいいつから、自分はそんなことを願うようになっていたのだろう。

ギルバートの役に立ちたい気持ちは変わらない。けれどそれと同じくらい、彼とこのまま、ずっと一緒にいたい気持ちが大きくなっていた。

分不相応でも、田舎者《いなか》のじゃじゃ馬と嘲《あざけ》られても、それでもギルバートと一緒にいたいのだ。

「わたし……陛下のお側にいたいです」

本心に気づいた瞬間、溢《あふ》れる思いを留めておくことができなくなる。気づけばレオーネは、震える声で呟いていた。

「これからもずっと、陛下のお側にいたい。陛下のことを……愛しているから」

熱い塊《かたまり》が喉奥からこみ上げ、涙となって溢《あふ》れてくる。

「わたしが、陛下の支えとなりたいです」

レオーネの決意とも言える言葉に、王太后も父将軍も、満足げな笑みを浮かべる。

気持ちを吐き出した途端に、鉛《なまり》を仕込まれていたようだった身体が、不思議と軽くなった。

手足に力がみなぎってきて、やる気がメラメラと燃え上がる。

そんなレオーネの胸に生まれた思いは一つだ。

（とにかくギルバート様と話をしなくては。わたしの思いをすべて伝えて、この先について陛下がどうお考えなのか、聞かせていただこう）


レオーネが父と再会を果たしていた頃。

ギルバートはというと、スレイグの使節団を執務室近くの会議室に迎え入れて、もう何度目になるかわからない議論に臨《のぞ》んでいた。

毎度毎度同じ内容を突き付けられ、突っぱねるだけであるため、ギルバートの頭はどうしても話し合いではなくレオーネのことを考えてしまう。

最後に会ったとき、ひどく青ざめた顔で、瞳いっぱいに涙をためてこちらを見つめていたレオーネの表情が忘れられない。

スレイグの王女を王妃に勧めるような物言いに腹が立って、ついきつい言い方をしてしまったが、妊娠中の彼女に言っていい言葉ではなかった。いや妊娠していようがいまいが、ひどい態度だったことは間違いない。おかげでずっと後悔が胸に渦巻いている。

素直に言い過ぎたと謝りに行くべきだとわかっていたが、スレイグの王女が押しかけてきたり、使節団が急に話し合いを持ちかけたりするので、すっかりその機会を逃してしまっていた。

おかげでギルバートの機嫌はずっと最低最悪である。

「国王陛下……そうお怒りにならずとも、こちらの提案に頷いてくだされぱいいだけの話ではありませんか。いつまで回答を先延ばしにされるおつもりで？」

ギルバートがあまりに不穏な空気を纏《まと》っているからか、スレイグの使節の一人が口元を引き攣《つ》らせながらも声をかけてきた。

ギルバートはその相手をギロリと睨《にら》み返す。まさに蛇《へび》に睨《にら》まれた蛙《かえる》状態になった使節に、ギルバートは低い声で告げた。

「……先延ばしにしているのはそちらのほうだろう。グリスフィン側の答えはすでに出ている。スレイグ側の申し出は受け入れられない。新たな鉱脈の権利を譲渡するから王女を受け入れろ？いったいどの口が言うか」

ゆっくり身を乗り出し、膝の上で指を組んだギルバートは、使節団を睨《にら》みつけた。

「そもそも、我が国に不正に流された薬物の詳細や、その流通方法を秘匿《ひとく》したままでいる相手の申し出など受け入れられるはずがない。回答が欲しいのは、むしろこちらのほうなのだが？」

「ですから、我々はその薬に関しては無関係で――」

「そう言い張るうちは、我が国が貴国の要求に応じることはありえない」

ギルバートはきっぱり言い切り、ため息をつきたいのをこらえた。

本当に舐《な》められたものだ。スレイグ側は例の薬に関しては知らぬ存ぜぬの一点張りだし、以前から問題視していた関税に関する話し合いにも応じようとしない。

それでいて鉱脈の権利を盾にして、熱心に王女を売り込んでくるのだ。

なにか裏があるのは確かだが、どのみち王女を娶《めと》るつもりはない。

もしそんなことをすれば、外戚となったスレイグ王が意気揚々とこの国の内政に口を出してくるのは目に見えている。おそらく鉱脈の権利も、最終的にはすべて取り返すつもりだろう。

こちらにはなんの利益もない。

だが向こうは、ギルバートが頷くまで居座るつもりのようだ。当然、話し合いは平行線をたどる一方になっていた。

気に入らないのはそれだけではない。スレイグの使節団のうしろに、我が国の貴族が何人か控えていた。

きっと王女が王妃になった暁《あかつき》には、便宜をはかってやるとスレイグ王に唆《そそのか》されたのだろう。背信行為もいいところである。

ギルバートはチラリと暖炉上に飾られた時計を見やる。

スレイグ側の思惑がどうであれ、ギルバートは取引をするに値しない相手を、いつまでも王城に滞在させておくつもりはない。速やかにお引き取りいただくよう策を練っている。

だが、その策をいつ使うかが問題だ。時間を気にするギルバートに、スレイグの使節団の一人がもう一押ししてきた。

「どうか王女とお二人で会談する場を設《もう》けてくださいませんか？　グロリア王女は貴婦人の鑑《かがみ》とも言える淑女です。お話しいただければきっと陛下も王女の魅力の虜《とりこ》に――」

「無礼ですぞ、使節殿！　それに、貴婦人の鑑《かがみ》とおっしゃるが、滞在中の王女殿下の言動は目に余るものがございます。執務中の陛下の部屋へ強引に押し入ったり、お部屋を陛下の私室の近くに変更しろと願い出たり、さらには王太后様や王女様方への勝手な振る舞いの数々たるや……」

鋭く割って入ったのは宰相だ。よほど腹に据えかねているのか、口ひげが震えるほど声を荒らげている。

「それは陛下とお近づきになりたい一心でなさったことで――」

「まだありますぞ！　ここへきた初日には、陛下の婚約者様のもとを許可なく訪れ、無礼を働いたそうではないですか。それに対する謝罪すら、陛下は受けておられませんぞ！」

宰相が拳《こぶし》でドンッとテーブルを叩くと、ギルバートの周囲を固める重臣たちも、スレイグの使節たちを睨《にら》みつけた。

使節団はひるんだように身を震わせたが、一人が果敢《かかん》に言い返してくる。

「無礼を働いたとは人聞きの悪い！　王女殿下は滞在の挨拶《あいさつ》に伺ったに過ぎません！　だいたい、

陛下の婚約者とは言いますが、まだ正式に決まったわけではなく、ただの候補者というではありませんか。スレイグでは彼女は陛下の夜のお相手だと、もっぱらの噂で――」

「――言いたいことはそれだけか？」

口元をいやらしくゆがめて語っていた使節は、ぴたりと口を閉ざす。そしてギルバートのこれ以上ないほど冷え切ったまなざしに気づき、瞬時に青くなった。

「なにを言われようと、わたしはスレイグから王妃を迎えるつもりはない。今後二度とそのような提案を――」

ギルバートが口を開いた直後、グロリア王女が口元を扇で隠しながら、意味深なため息をついてみせた。

全員の視線がそちらに集中する中、彼女は眉尻を下げて、いかにも悲しそうな表情を作る。

「残念ですわ、ギルバート陛下。けれど陛下には、必ずわたくしを王妃にするとおっしゃっていただかなくてはなりませんの」

ギルバートは、王女が困ったように微笑むのを見て、眉を寄せる。

「……どういう意味だ？　なにを企《たくら》んでいる」

伏し目がちになった王女は再びため息をつくと、「どうか怒らないでくださいね」ともったいつけた前置きをして顔を上げた。

「陛下の許可なく婚約者様にお目にかかったこと、わたくしも反省いたしましたのよ。それで今朝、わたくしの愛飲しておりますお茶を、婚約者様に届けていただいたのです。お詫びの気持ちを込めて……。婚約者様は喜んでお飲みくださったそうですわ」

「……」

それがどう関係するのだと、ギルバートは無性にイライラしてくる。

肝が据わっているのか、あるいはかなりの鈍感なのか、王女はギルバートの無言の威圧に動じず歌うように続けた。

「ですが、この状況を憂《うれ》えたわたくしの侍女が、そのお茶に少し細工《さいく》をしたらしいのです。そう、なにか……興奮剤のようなものを混ぜた、とかなんとか」

王女の曖昧《あいまい》な言葉に、ギルバートの放つ怒気が一気に強まる。

使節団の面々もそのうしろの貴族たちも、隣に座る宰相でさえゾッとするほどだったが、王女は困惑気味に微笑むばかりだ。

「陛下のお怒りはごもっともですわ。でもわたくしの侍女を怒らないでくださいな。あの子はわたくしと陛下が結ばれるために、ひいては両国の関係のために自《みずか》らの手を汚したのです」

「レオーネの様子がおかしくなったという報告はない。でまかせを言うつもりか?」

「その興奮剤は遅効性のものらしくて、服用してから五、六時間しないと効力が出ないそうですわ。お茶を差し入れたのは……朝の九時くらいだったかしら?」

全員が思わず、暖炉の上に飾られた小さな振り子時計を見やる。今は午後の二時だ。もし王女の言葉が本当なら、そろそろ効果が現れる頃合いである。

「……興奮剤なら、命にかかわるようなものではない」

「ええ、それはもちろん。ですが今の婚約者様は、普通のお身体ではないでしょう？　どう影響するか、わたくしにもわかりませんの」

息を呑んだギルバートの様子を、王女は見逃さなかった。

「ご安心なさってくださいな。聞けば症状が現れる前に解毒剤を飲ませれば、薬の効果を中和することが可能だそうです。薬を盛った侍女が責任を持ってその手配をしておりますわ」

「……実行犯が新たに持ってくる解毒剤など、信用できるものか」

「お疑いになるのは当然ですわね。ですがその侍女しか、興奮剤を煎《せん》じた薬師のことを知りません。城の医師に解毒を命じようにも、盛られた薬の詳細がわからなければ手の施《ほどこ》しようがないでしょうね」

ギルバートの顔色が変わっていく様子が愉快なのだろう。王女の口元には抑えきれない笑みが浮かんでいた。

「そしてわたくしとしては、大切な侍女がそこまでしてくれたのだから、その心意気に応《こた》えたいと思っておりますの」

「……自分との結婚を了承しなければ、解毒剤は渡さないとでも言うつもりか？」

「さすがはギルバート陛下。話が早くて助かりますわ」

王女はにっこりと目を細めて笑う。ギルバートは湧き上がってくる殺意を抑えることができず、ギリッと奥歯を噛みしめた。

そもそも侍女が薬を盛ったという話すら怪しいが、もし本当なら悠長に構えている暇はない。解毒可能な時間もきっと一時間と残されていないだろう。

王女の言う通り、薬の詳細がはっきりしなければ医師を向かわせても無駄骨になる可能性が高い。

（レオーネ――）

太陽のように明るく笑う彼女の顔を思い出す。もし彼女の命が危険にさらされることがあったら……。彼女のお腹には自分との子供もいるのに。

かけがえのない存在を二人も人質に取られ、さしものギルバートも焦らずにはいられなかった。

「ふぁ――あ。……なんだかさっきから、あくびが止まらないわ。つわりが治まった代わりに、眠気がやってきたのかしら。本当に妊婦って大変ね……」

ブツブツと呟きながら、レオーネは護衛だという衛兵二人をお供に、ギルバートの執務室へ向かっていた。

どうやらスレイグ側との本日の会談は、国王の私室のすぐ側にある会議室で行《おこな》われているらしい。会談が終わったらすぐにギルバートと話せるように、こちらに移動してきたのだ。

しかし、会議室に近づくにつれ警備が厳重になっていき、レオーネたちも途中で衛兵に止められてしまう。

「申し訳ございません、ここより先は会談の関係者以外は立ち入り禁止です」

「わたしは会談に顔を出すつもりはないわ。ただ陛下のお部屋で、お戻りになるのを待ちたいだけです。陛下のお部屋に、わたしは自由に出入りしていいと言われているのだけど」

衛兵はそれでも「駄目です」と言って譲らない。

「大切な会談の最中ですので。何人《なんぴと》たりとも通すなとの仰せです」

取り付く島もない答えだ。だからこそ、レオーネは疑問に思った。

(相手国の使節団の中には王女様もいるから、警備が厳しくなるのはわかるけれど……陛下の婚約者であるわたしも通さないというのは、少し物々し過ぎるのではないかしら)

とはいえ通さないと言われているからには引き下がるしかない。レオーネはいったんそこから離れて、近くの部屋へするりと入った。

そこは王族が読書や演奏などの趣味に使うためのサロンだ。基本的に王族しか利用しないので、今は誰もいない。

本を探すフリをして奥に入ったレオーネは、近くの窓から会談が行《おこな》われている部屋のほうをのぞいてみた。

(うわ、すごいたくさんのひとがいるわ……。あ、暖炉の側に陛下を発見)

ギルバートはこれ以上ないほど厳しい顔つきで使節団と対峙している。どうやらそうとう話し合いが難航しているようだ。

だがそれ以上に気になったのは、ギルバートの向かいに座るスレイグの王女が、なにやら楽しげな顔で話をしていることだ。

それに対して、ギルバートは話が進むほどにどんどん怖い顔になり、王女に掴みかからんばかりに身を乗り出している。

どう見ても一触即発という雰囲気だ。レオーネは居ても立ってもいられなくなって、天井から床まで伸びる大きな窓に向かった。

窓を開ければ、目の前に広がるのは広々としたバルコニーだ。そこから中庭に続く階段が伸びている。彼女は迷わず階段を下り始めた。

「レオーネ様、お待ちください。どちらへ向かわれるおつもりで？」

「陛下のお部屋に入れないなら、待つあいだに中庭でも散歩しているわ」

「し、しかし、不用意に外に出てなにかあったら……」

「大丈夫よ。お医者様は座っている時間を長く取れば、もう普通にしていていいとおっしゃっていたし。つわりも治まってきたから、久しぶりに外の空気を吸いたいの」

もっともらしいレオーネの言葉に、衛兵たちは困った様子ながらも、あとに付いてくる。

階段を下りきったレオーネは、ちょうど会談が行《おこな》われる部屋の真下あたりにやってきて、近くのベンチに腰掛けた。

肩に羽織っていたショールを直すフリをしながら、その端をわざとベンチの隙間へ挟み込む。

なかなか抜けないようになったところで、レオーネはわざと「まぁどうしましょう！」と声を上げた。

「いかがなさいましたか？」

「ショールが挟まっちゃったみたいで……ああ、どうしましょう。お気に入りなのに」

立ち上がったレオーネはショールを指して声を震わせた。

「申し訳ないけど取ってくださらない？　王太后様にいただいたお気に入りだから、破かないように慎重にね」

衛兵たちは顔を見合わせ、いかにも面倒くさいという面持《おもも》ちながらも、ベンチに近づいてくる。

彼らがショールを取るため前屈《まえかが》みになったところで、レオーネは渾身《こんしん》の手刀を衛兵の首のうしろに叩き込んだ。

「うぐっ！」

衛兵が目を回してベンチに倒れ込む。もう一人が驚いた様子で振り返るが、レオーネは彼の首筋にも素早く手刀を打ち込んだ。

「本当にごめんなさい。でもこうでもしないと、あなたたちは絶対にわたしを止めるでしょうし。職務怠慢で怒られたりしないように、ちゃんと衛兵長には説明しておくから。お父様にも取りなしてもらうから許してね」

意識のない衛兵にしきりに謝りながら、レオーネは一人の腰から剣と剣帯を拝借する。

手早く腰に剣を佩《は》くと、迷うことなく近くの大木に飛びついた。

大きな木は会談が行《おこな》われている三階より高く伸びていた。炭鉱のあるフィディオロス領に大木は少なかったが、木を組んだ櫓《やぐら》や通路はたくさんあったので、そこを登っていた感覚を思い出して手足を動かしていく。

そしてサロンと同じように出っ張ったバルコニーに降り立ったレオーネは、中の人々に見つからないようバルコニーに伏せて、そっと窓枠を引っ張った。

ありがたいことに鍵は開いていた。会話が聞こえる程度のわずかな隙間を確保する。

「さぁ、ギルバート陛下。どういたしますの？」

いったいどういう話になっているのか、グロリア王女が楽しげにそう問いかける。

「スレイグの提案を受け入れ、わたくしを王妃に迎えるか。このまま気の毒な婚約者様を見殺しにするか。早く解毒剤を飲ませないと、たとえ婚約者様が無事だったとしても、お腹の子はどうなるかしらね」

レオーネは仰天して、危うく叫び声を上げそうになった。解毒剤を飲ませる、ということは、どうやら自分はなにかしらの毒を盛られているらしい。

（いつどこで……!?　まったく身に覚えがないんだけど）

今日の食事を思い出してみても特に不審なものはなかった。食後に出されたお茶がいつもと違う茶葉なんだなと思ったくらいで。

（ということは、あのお茶になにか仕込んであったのかしら？）

今のところ眠い以外にまったく異常がないから判断がつかない。

だが自分には作用しなくても、お腹の子に影響があるものだったら――

腹部を押さえながら、レオーネはギリッと歯ぎしりした。

同時に、事態がどうなっているか、なんとなくだが呑み込めてくる。

どうやら王女はレオーネと子供の命を盾に、自分を王妃にするよう迫っているようだ。だがギルバートは頷いていないらしい。

（陛下はなにをお考えなの……？）

ギルバートのことだ、すぐに返事をしないのには、なにか考えがあるはず。

黙ったままの彼に王女が何度かわめき、ほかの使節や貴族たちも声をかけたが、ギルバートはなにも言わない。

そのことにじれたのか、あるいはいいように解釈したのか、王女がふっと哀れみの混じった笑みを浮かべた。

「どうやら、陛下は婚約者を見殺しにすることを決断されるようですわね！　わたくしとの結婚に頷かないということは、そういうことでしょう」

使節団の面々も王女のうしろの貴族たちも、非情な選択をしたギルバートを哀れみとも嫌悪ともつかない表情で見ている。これにはギルバートの隣に座る宰相のほうが慌てた様子で、「陛下……！」と声をかけていた。

　すると、それまで黙っていたギルバートが、詰めていた息を吐き出すように「はっ」と笑う。

「なっ……なにがおかしいの！」

　気色《けしき》ばむ王女に、ギルバートはゆっくり顔を上げた。

「どうやらわたしは、そうとう貴国から舐《な》められているらしい。わたしがなんの策も講じずに、スレイグの使節団を迎え入れたと思っているのか？」

　ギルバートは高らかに手を叩く。

　すると、奥の三つの扉が一斉に開いて、衛兵や貴族たちがぞろぞろと入ってきた。

　一気に物々しくなった雰囲気に、スレイグの使節たちは「ひっ！」と悲鳴を上げて身を寄せ合う。対して王女はかすかに顔をゆがめるだけだったが、遅れて入室してきた者たちを見るなり、瞬時に顔色を変えた。

　王女のその反応に、レオーネを含むグリスフィン側の人間は首を傾《かし》げる。最初に入ってきたのは縄を打たれた男が数名、同じく縄を打たれた貴族らしい青年、王女の侍女らしき女、さらには怪しげな風体《ふうてい》の小男……そして最後にやってきたのは、白いローブを纏《まと》った老人だった。

　老人はおそらくスレイグが国教としているフィーノ教の聖職者だろう。実際に目にしたことはなかったが、老人が首から提げているメダルには、フィーノ教の紋章が刻まれていた。

「順に紹介しよう。膝を突いている男たちは、スレイグから流れてきた違法薬物の運搬を担っていた者たちだ。国境付近で、フィディオロス将軍の長子ゴートに捕縛された。すでに我がグリスフィン王国の基盤を弱体化させようと、貴族を狙って薬を売りつけていたことを白状している」

膝を突かされ衛兵に頭を押さえられている男たちは、悔しさと恐ろしさが入り混じった目をして震えていた。

「次にこの小男は、違法薬物の精製に関わっていた。おそらくレオーネが飲んだという薬を作ったのもおまえだろう？」

「ひぃっ！」

ギルバートに冷たく睨《にら》みつけられ、小男は全身をぶるぶると震わせた。

「その隣にいる女は王女の侍女……として同行してきた、スレイグ国王お抱えの汚れ役だ。その小男から薬を受け取り、レオーネの食事に混ぜた実行犯」

正体を看破《かんぱ》され憎々しげにギルバートを睨《にら》む女の横で、真っ青な顔をした小男が叫び出す。

「お、おお、お許しください、お許しください！　た、確かにその女に言われて薬を作りましたが、遅効性の殺人薬なんて、そんな滅多なもの、そうそう作れませんよ……！」

「……興奮剤だと、王女は言っていたが？」

ギルバートが冷たい目を王女に向ける。青い顔で立ち尽くしていた王女は、その視線を受けて弾かれたように首を振った。

「わ、わたくしは、興奮剤としか聞いていないわ……！　その女がお父様のお抱えというのも初めて聞いて……っ、彼女の母親がグリスフィンの貴族出身だから連れて行けと言われただけよ！」

王女の慌てようを見る限り、彼女は本当に知らされていなかったのかもしれない。

「どうだかな」

だがギルバートの視線から王女への疑いは消えていない。

王女を冷たく睨《にら》みつけたまま、ギルバートは小男を問いただす。

「ではおまえがこの女に渡した薬は――」

「ね、眠り薬でさぁ。それもそんなに強力なもんじゃなくて……飲んで数時間するとちょっと眠気がやってくるくらいのもんで！　毒なんてもんではないでさぁ！」

全身に汗を噴き出しながら小男が弁明する。ギルバートがかすかに視線をやると、衛兵が小男の首筋にナイフを押し当てた。

「ひっ、ひぃいいい！　う、嘘じゃねぇっ、本当だぁ！」

「確かだな？　もし毒だったとわかったら――」

「ひ――っ！　ほっ、本当に毒じゃねぇよお！　助けてくれえええ！　例の麻薬の製造法だって全部吐いたじゃねぇかあああ！」

情けなく叫びながら小男はひんひん泣きわめく。とても嘘をついているようには見えない。

嘘をついて死ぬくらいなら積極的に真実を話して、命乞《ご》いをするタイプに見えた。

ギルバートもそう判断したようだ。衛兵に合図し、ナイフを引かせる。

毒は毒でも眠り薬を仕込まれたとわかり、レオーネはほーっと息を吐いた。

……道理であくびが出るわけだわ。

（当てが外れた王女様は、さぞ悔しい思いをしているでしょうね――）

チラッと王女を見やったレオーネは「あら？」と首を傾《かし》げた。

王女は真っ青な顔で震えているが、ギルバートを睨《にら》みつけたり悔しがっている様子はない。むしろうつむき、なにかから逃れるように目を逸《そ》らしている。

王女が必死に顔を背《そむ》けるほうを見ると、縄を打たれた身なりのいい青年が、すがるような強いまなざしで王女を見つめていた。

「さて、この青年貴族だが。――グロリア王女」

ギルバートに呼びかけられて、王女の肩がピクリと跳ねる。

「あなたはスレイグ国王の命を受けて、この国の王妃になるべく奔走《ほんそう》した。だがわたしと結婚することは、あなた自身にとって絶対に必要なことだったのでは？」

「……」

「理由は、この男とあなたが恋人関係にあるから。彼はすべてを白状したぞ。あなたと男女の関係を持ったことも。その結果、あなたのお腹にこの男の子供がいるということも」

レオーネは再び叫び声を上げそうになった。

まさか、スレイグの王女も身ごもっていたなんて……！

（で、でも、この国の王妃になりたいと言ってきたのだから、当然彼女は未婚よね……？）

そのとき、それまで静かに成り行きを見守っていたフィーノ教の聖職者が、一気に顔色を変えた。

「もしそれが本当なら、ゆゆしきことです。――申し遅れました、わたしはギルバート陛下の要請を受けて登城しました、フィーノ教の司祭、ペソーです」

軽く一礼して、ペソー司祭は厳しい顔で一歩進み出た。

「我がフィーノ教の教義には、信者の貞操をなによりも重んじるとあります。女性であれば、結婚前に処女を失うことは認められておりません。それどころか、夫ではない男の子を身ごもるなど、神をも恐れぬ所業……。挙げ句、子を身ごもったまま別の相手へ嫁ごうなどと、もはやそれは破門に値する大罪です」

破門――レオーネは思わず口元を覆《おお》う。

フィーノ教の信者にとって、破門とは地獄行きと同義だ。大罪を犯した人間として倦厭《けんえん》され、教区で暮らすことはできなくなると聞く。

本来、フィーノ教の信者の手本となるべき王女は、王族でいることすら難しくなるのではないだろうか。

「未遂且つ本人に自覚がなかったとはいえ、我が婚約者の殺害に加担したことも事実。とうてい許せるものではない。――これまでのやりとりはすべて書記官に記録させている。あなたの処分については国として検討し、対処させていただく」

ギルバートがそう言った途端、王女はガクッと膝から崩れ落ちた。スレイグの使節たちも、衛兵に囲まれ震え上がっている。

そんな中、じりじりと後退して、あわよくばここから逃げ出そうとしていたのは、スレイグに味方していたこの国の貴族たちだ。

「待て。わたしは誰の退室も許可していない。一応この国の貴族であるからには、おまえたちも王であるわたしの言葉を聞くのだろうな？」

ギルバートの凄みを帯びた声に、貴族たちはギクッと動きを止める。大量の冷や汗を掻きながらも、愛想笑いを浮かべておべんちゃらを言い出した。

「も、もちろんでございます、国王陛下。いやぁ、さすがご聡明と名高い陛下、ここまで証拠を揃えておいでとは。はは、この国の未来は安泰ですな……」

「そうだな。おまえたちのような自《みずか》らの利益しか考えない豚どもを排除すれば、さらに良くなるだろう」

容赦《ようしゃ》なく言い捨てたギルバートのもとへ、どこからか近づいた男が書類を手渡す。陛下の密偵の一人だと、レオーネはすぐに気がついた。

「たった今上がってきた報告だ。おまえたちが領地で行《おこな》っていた不正の証拠がここに記されている。……どうやら例の薬物の拡散にも関わっていたようだな。なるほど、これまでもスレイグからずいぶんと優遇されてきたらしい」

報告書をパラパラとめくりながら、ギルバートが淡々と口にする。貴族たちの顔色は、今にも引きつけを起こしそうなほど真っ青になっていた。

「詳細はあとでゆっくり聞かせてもらおう。――連れて行け！」

ギルバートが命じると、待機していた衛兵が一斉にスレイグ側の人間たちに飛びかかった。

逃げようとする使節、怒り狂う貴族――助けを求める声や怒号が飛び交う中、衛兵たちは確実に彼らへ縄を打っていく。

グロリア王女の前にやってきた衛兵は、躊躇《ためら》いがちに手を伸ばした。

「拘束させていただきます。手をこちらへ――あ、おい！」

「わたくしに近寄らないで！　汚らわしい！　もしふれたらここから飛び降りて――きゃあっ⁉」

「ふぎゃっ⁉」

王女の悲鳴とレオーネの声が重なる。

追い詰められバルコニーに飛び出してきた王女は、そこに伏せていたレオーネの腕に躓《つまず》いて倒れ込んできた。容赦《ようしゃ》なく体重をかけられたレオーネは潰れた子犬のような声を出す。

「レオーネ⁉　なぜそんなところに……っ」

ギルバートもさすがに仰天した様子で走ってきた。

レオーネは立ち上がろうとしたが、夢中で覆《おお》い被さってきたグロリア王女に押さえつけられ、どこに隠し持っていたのか、短剣を突き付けられてしまう。

「それ以上近寄らないで！　一歩でも近寄れば、この女の首を引き裂くわッ！」

「グロリア王女、あなたの罪は司祭の前で明らかになった。これ以上罪を重ねるのは——」

「うるさい、うるさい、うるさい！　道をあけなさいよ!!　全員殺してやるわよ!?」

なだめようとした宰相の言葉を否定し、グロリア王女は髪を振り乱して叫ぶ。追い込まれて半ば自棄《やけ》になっているらしい。

だが、レオーネにとってはそのほうが好都合だった。混乱をきたしている非力な女性に、将軍の娘たる彼女がひけを取るはずがない。

レオーネは自由な手を素早く動かし、王女の腕を取った。

「えっ!?　——きゃあああ！　痛い痛いッ！」

すぐさま王女の腕をひねり上げ、彼女が体勢を崩したところを逆に押さえ付ける。同時に短剣を持った手を踏みつけ、動かせないようにした。

「いやあッ！　離してッ!!」

「グロリア……!!」

すると、それまで黙っていた貴族青年が王女を助けようと飛び出してきた。いつの間に縄を解いたのか、ナイフを振りかざしギルバートのうしろから襲いかかる。

こちらに走り寄ってくるギルバートにはそれが見えない。レオーネはすぐに腰の剣を外して、それをギルバートに投げつけた。

「陛下、うしろ!!」

「っ！」

ギルバートは間一髪のところで青年の攻撃をよけた。飛んできた剣を受け取り、鞘《さや》から抜かないまま素早く振り下ろす。

青年も剣の覚えがあるのか、ギルバートの攻撃を何度かよけたが、最後はギルバートが繰り出した鋭い突きを鳩尾《みぞおち》に受け、がふっと空気を吐いて昏倒した。

「いやあああああああ！　やめてぇ！　それ以上したら許さない――――！」

倒れた恋人を前に、王女が半狂乱になって起き上がろうとする。

掴んだままの短剣をギルバートに向けて投げつけようとしたのを見て、レオーネはすぐさまその手に手刀を打ち込んだ。

「なにするのよ、この田舎《いなか》娘！」

「これ以上罪を重ねてなんになるの！　あなた、お腹に子供がいるんでしょう？　自分の子に顔向けできないようなことをしちゃ駄目よ!!」

レオーネの叫びに、王女は大きく息を呑んで目を見開く。

小刻みに震えていた彼女は、やがてボロボロと涙をこぼし、わっと泣き声を上げてその場に伏せてしまった。

「レオーネ！　無茶なことを……！」

嘆き続ける王女を衛兵に引き渡し、立ち上がったレオーネは、青い顔で近寄ってきたギルバートに力強く抱きしめられた。

「す、すみません。サロンから陛下が難しい顔をしているのが見えたので、居ても立ってもいられず――」

「だとしても、こんなところで聞き耳を立てる奴があるか！　おまえはわたしの心臓を止める気か……っ!?」

本気で言っている様子のギルバートに、もちろんそんなつもりはないですと言おうとしたが……

「無事でよかった……っ」

再度ぎゅっと抱きしめられて、言葉にする機会を失った。

代わりに、これまで聞いたことがないほど弱々しいギルバートの声が耳を打つ。

「言っただろう。おまえになにかあったら、わたしは自分自身を許せなくなると」

確かに、離宮で襲われたときにそう言われた――

「……でも、わたしは護られているばっかりの、おとなしいお姫様ではないので」

ぎょっとするギルバートに対し、レオーネは笑顔で言った。

「陛下に護っていただくのはもちろん嬉しいです。でも、わたしも陛下をお護りしたい。もちろん、無茶をしない範囲で。なんの心得もない身重の女性が相手なら、無茶なんかしなくても普通に取り押さえられます。だから今回のようなことがあれば、わたしは必ず陛下の力になります」

「おまえ……！」

「だから陛下も、わたしをちょっとは頼ってください」

堂々と胸を張って告げるレオーネに、ギルバートは毒気を抜かれた様子で立ち尽くす。

やがて宰相が「全員連行しました」と報告にきて、ひとまず言い合いは終わった。

「……おまえが身重でなければ仕置きものだ。遅くなっても今日中に必ず部屋に行く。待っていろ」

そう言い置いて、ギルバートは慌ただしく部屋を出ていった。

その背を見送ったレオーネは心が温かくなるのを感じる。

こうして部屋を出ていくギルバートを見送るのは、あの夜――自分の隣に並び立つにはふさわしくないと言われたときと同じだ。

あのときは言葉以上に、ギルバートが自分を振り向いてすらくれないことにショックを受けた。

顔も見たくないと思われたと絶望したが、今は違う。ギルバートは必ず会いにきてくれるとわかっている。

それがこんなにも嬉しいなんて……

レオーネは頬をうっすら赤く染めながら、ギルバートが去って行ったほうをしばらくじっと見つめていた。

街の明かりがすっかり消えて、王城の窓から宝石をちりばめたような紺色の夜空が見える。

ギルバートがレオーネの寝室を訪れたのは、夜の静寂が心地よい真夜中近くだった。

「すまない、遅くなった」

律儀に起きていたレオーネを見て、ギルバートはわずかに眉尻を下げる。レオーネは笑顔で首を振った。

「星を見ていました。今日はとても綺麗な星空ですよ、陛下」

「星か……。そういえば、王位に就いてから夜空を見上げることはほとんどなかったな」

それだけ彼が忙しく働いてきたということだ。

彼は、やや疲れた面持《おもも》ちで星を見上げている。

星を映す、夜空と同じ色の彼の瞳が美しかった。

「あの、スレイグの王女様は大丈夫でしたか？　なるべくお腹は押さえないようにしたんですが、心配で」

「ひとのことより自分のことを心配しろ。身重なのはおまえも変わらないだろう」

レオーネの腹部をチラリと見つめ、ギルバートはじっとレオーネの顔色を窺《うかが》った。

「どうやら、元気そうだな」

「ええ。飲まされた薬の影響か、こちらに戻ってきて診察を受けていたら、急に眠くなってしまって。おかげで就寝するはずの時間に目覚めることになりました」

あのあと、レオーネのもとには騒ぎを聞きつけた王太后と医師が押しかけ、ちょっとした騒ぎになった。王太后はレオーネが無事でよかったと言いながらおいおい泣くし、医師は身重で大立ち回りをするとは何事かと顔を真っ赤にして怒っていた。

そして中和剤を飲ませるかどうか……と医師たちが悩む傍《かたわ》ら、レオーネはあえなく眠りこけていた。

——幸いお腹の赤ちゃんは元気だし、目覚めたレオーネも快調だったので、問題ないだろうと判断された。

「本当に眠り薬だったようだな。よかった……。あの王女のことも心配いらない。念のため医師に診せたが、異常はなかった。腹の子も元気だ。今は北の塔に捕らえているが、もう抵抗する気力はないようで、おとなしくしている」

「よかった。お腹の子供に罪はありませんから」

ほっと胸を撫で下ろすレオーネだったが、ギルバートは不満顔だ。

「子供に罪はなくても、あの女は大罪まみれだろう……。おまえに刃を向けたことをわたしは絶対に許さない。もしおまえが飲まされた薬が本物の毒だったら、わたしは今頃平静ではいられなかったはずだ」

「陛下……」

肩を抱き寄せ、愛おしげに髪に頬を寄せられて、レオーネは薄く頬を染める。まるで恋人のように扱われていると感じて、不覚にも胸がドキドキ高鳴ってきた。

「……ご心配をおかけしました、陛下。でも、わたしは本当に大丈夫ですから」

「それはあくまで結果論だ。いいか、これからは決して無茶はするな。おまえはわたしを護りたいと言うが、そう思う以上に、わたしはおまえを護りたいと思っているのだから」

「陛下――」

「よく聞け、レオーネ。おまえがわたしをどう思っているかは知らないが、少なくともわたしは、おまえのことをわたしの隣に並び立つにふさわしい女性だと思っている」

「え――」

「おまえのことが大切でたまらない。おまえを失うかもしれないと想像しただけで目の前が真っ暗になって、息ができなくなる。それくらい――おまえのことを愛している」

「へ……陛下……」

「ギルバートだ。そう呼べと言っただろう」

レオーネは呆然と目を瞬《またた》く。

確かに言われたけれど、それは閨《ねや》での出来事だったから、そういうとき限定の特別な呼び名なのだと思っていた。でも、寝台以外でも彼をそう呼んでいいだなんて……

それに彼ははっきり言った。レオーネのことを愛していると。

でも彼は、噂の払拭《ふっしょく》のため、女よけのために、自分を側に置いているのではなかったのか。

視線で訴えるレオーネに、ギルバートは居心地が悪そうに視線を逸《そ》らした。

「最初は本当に女よけのためだけに側に置くつもりだった。だがおまえが懲《こ》りずにやってきて、純潔を捧げてきたときには……きっともう、ただの女よけとしては見られなくなった。離宮での聞き込みのときも、わたしの役に立てて嬉しいと無邪気に喜ぶ姿が可愛くてな……」

いつも冷静なギルバートだが、自分の思いを吐露《とろ》するのは恥ずかしいらしく、ほんの少し目元が赤い。だがその表情こそ、彼の本心を雄弁に語っていた。

「はっきり失いたくないと自覚したのは、おまえが湖畔で襲われたときだ。本当に、心臓が凍りつくかと思うほど恐ろしかった……。同時に、おまえのことをわたしが護りたいと思ったのだ。ほかの誰でもない、このわたしが護ってやりたいと」

熱のこもった視線で見つめられて、レオーネはどんどん赤くなる。まさかギルバートが、これほどの思いを秘めていたなんて知らなかった。

だが彼の思いを知るほどに、あの夜の冷たい態度がよみがえって心がざわついてしまう。

「で、も、陛下はわたしのことを『隣に立つのにふさわしくない』とおっしゃって……」

「あれは……おまえがあまりに卑屈《ひくつ》になっていたから、頭にきたのだ。グロリア王女になにか言われたのだろうとは思ったが、わたし自身はとっくにおまえを王妃にするつもりでいたのに、当のおまえが身を引くと言い出すから、腹が立って――」

レオーネはびっくりして目を見開く。

「そんな……。本当に……？」

「おまえを護りたいと思ったときには、すでにそう考えていた。おまえを一生護るためには、おまえに一生側にいてもらう必要がある。その一番の方法はおまえを王妃にすることだ。違うか？」

違うか？　と言われましても……というのが正直なところだ。

レオーネは国王陛下相手に不敬と思いつつも、たまらずため息を吐き出してしまった。

「わたしは、陛下がわたしをどうするおつもりなのかわからなくて……」

「身重の恋人を放り出すわけがないだろう。国王としてというより、男として最低の行為だ」

「恋人っ……、……いえ、でも、陛下はわたしが身ごもったと知っても、喜んでいらっしゃる様子がなかったし」

「なにを言う、ちゃんと喜んで……、……いや……、言われてみれば、確かに喜んでいる素振りは見せなかったか。あまりに嬉しすぎて、あの日はずっと放心状態だったから……」

レオーネはあんぐりと口を開ける。喜びすぎてぼうっとしていたなんて、ギルバートの普段の言動を考えると信じられない。

「……で、でも、その後も会いにきてくださらなかったし……。もちろん、スレイグの使節団を迎えるためにお忙しかったのは承知していますが……」

「……確かにそれもあるが。しどけない夜着姿で寝台に横たわっているおまえを見ると……どうしても押し倒したくなるから自重していた。妊娠初期に無理をさせるなど愚《ぐ》の骨頂《こっちょう》だからな」

これまた信じられない事実だった。

レオーネは思わず天を仰ぐ。なんだかこれまでうじうじと悩んでいたことが馬鹿みたいに思えてきた。

結局のところ、ギルバートはレオーネを王妃にするつもりで、子供ができたことを喜んでくれていたのだ。

そして、子供ができた以上、結婚するものと考えていた。当然レオーネもそう考えているだろうと思って、わざわざ言葉にしなかった――ということらしい。

いくら妊娠初期の不安定な時期とはいえ……確認しなかったレオーネにも、問題があったのかもしれないが……

「不安にさせてすまなかった。言葉にせずともわかっていると思っていたが、それはわたしの甘えだったな。これからは言葉を惜しむことなく、きちんと伝えよう」

「そ、それはありがたいことですが、あの、ほどほどにお願いします……」

すでにこちらを見つめる視線から『愛している』という思いがほとばしっている気がする。見つめられるだけでドキドキしてしまう今の状態は、お腹の子にも悪いのではないだろうか？

いや、どうだろう……？　とにかくレオーネは、そわそわと落ち着かない気分で赤くなる。

「きついことを言って、本当にすまなかった。いくら腹が立ったとはいえ、ひどい言い草だったと反省している。許してほしい」

後悔の見える面持《おももち》で、ギルバートは深く頭を下げる。

婚約者とはいえ、国王が頭を下げるなどあってはならないことだ。

レオーネは飛び上がるほど驚いて、「か、顔を上げてください！」と、慌ててギルバートを引き起こした。

「もういいんです、誤解だってわかりましたし、陛下が、その、わたしが思う以上に、わたしのことを……色々考えて、思ってくださっているとわかったから。今とても幸せです」

「レオーネ……」

「陛下……わたしも、陛下のことが好きです。最初は騎士のようにお側に仕え、お役に立てればと思っていました。でも、いつからか……陛下を尊敬する以上に、愛するようになっていました。今は陛下の隣で、一生陛下を支えていきたいと思っております」

「レオーネ――」

「田舎《いなか》出のじゃじゃ馬で、今日も木登りやら組み手やらしてしまいましたが……そんなわたしでもよろしければ、ずっとお側にいさせてください」

レオーネのまっすぐな告白に、ギルバートが息を呑む。

みるみるうちに、その紫紺《しこん》の瞳から喜びが溢《あふ》れ出るような気がした。

彼はレオーネの細い身体をゆっくり抱き寄せると、柔らかな金髪を撫でながら、優しい声で呟いた。

「おまえでいいに決まっている。おまえのそのまっすぐな気持ちに、わたしは惚れたのだ。おまえこそが唯一無二の存在……生涯、わたしの側にいてくれ」

ぎゅっと強く抱きしめられて、レオーネの瞳が嬉し涙で潤《うる》む。

花がほころぶような笑みを浮かべて、ギルバートの背をぎゅっと抱きしめ返した。

「はい、ギルバート様。ずっとお側にいます。わたしにとっても、ギルバート様が唯一無二の最愛のひとです」

向かい合った二人はどちらともなく相手に微笑みかけ、そっと顔を寄せる。

唇が柔らかく重なる瞬間を、満天の星が優しく見守っていた——

第五章　国王夫妻の結婚

季節は巡《めぐ》り、再び華やかな社交期が王都を彩《いろど》っていた。

国王のお妃選びの舞踏会に参加するため、王都にやってきて早一年半——そのときは想像もしなかった幸せな未来の中で、レオーネは明るく微笑んでいた。

「あ、あっ！　見て見て、この子ったらちょっと首を持ち上げたわ！　なんて可愛いのかしら。

あーん、レオ君、お母様はこっちですよ～、こっちを見て～」

子供部屋に敷かれた厚い絨毯《じゅうたん》の上にほとんど這《は》いつくばるようにして、レオーネは目の前の赤ん坊にとろけまくった顔を向ける。

三ヶ月前に生まれたレオーネとギルバートの息子、レオルグは、絨毯《じゅうたん》の上にうつ伏せに置かれるなり、頭を持ち上げてかすかに手足を動かした。今にも進み出しそうな雰囲気に、日々息子の成長に癒《いや》されているレオーネはメロメロである。

「あああ～……可愛いっ……。もともと子供は好きだったけれど、我が子は特別なのかしら。ギルバート様にそっくりだから、よけいに可愛くてたまらないわ！」

「まるっと同意するわ、レオーネ妃！　ああもう本当に可愛いわねぇ！　――ほら、早くスケッチなさい、王太子殿下の可愛い仕草を、余すところなくキャンバスに描き出すのです！」

レオーネのすぐ近くに腰掛けていた王太后もうんうんと頷いて、部屋に呼んだ画家たちに鋭く指示を飛ばしている。

レオルグ王太子の愛くるしい姿を描き出すべく、画家たちは真剣そのものの様子でスケッチを行《おこな》っていた。

「あ、そろそろ限界かしら。ごめんねぇ、首が据わってきたのが嬉しくて、ついついうつ伏せにばっかりしちゃって」

絨毯《じゅうたん》に突っ伏しそうになった息子をレオーネは慌てて抱き上げる。よだれで汚れていたレオルグの口元を拭いてから、すべすべとした額《ひたい》にチュッとキスを落とした。

されるがままでいたレオルグだが、すぐにぐんっと身体を動かして拘束から逃れようとする。

首が据わったせいか、最近は力が強くなってきていて、気をつけないと一緒に倒れてしまいそうだ。

「そんなところもギルバート陛下とそっくりでいらっしゃるわ。きっと陛下に似て立派な男子になるでしょう。母親が武術に秀でているからなおのことね」

「あははは、お恥ずかしい限りです」

王太后の言葉にちょっと照れ笑いしながらも、レオーネは息子を縦抱きにしてよしよしと背中を撫でた。

そのとき、子供部屋の扉が外からノックされて、レオーネ付きの侍女が顔を見せる。

「――レオーネ様。仕立屋が到着いたしました。ウェディングドレスのご試着をお願いいたします」

「あぁ、手直しが終わったのね。わかりました、すぐに行くわ」

レオーネが頷くと、王太后がすかさずレオルグに手を伸ばした。

「王太子殿下はわたくしたちが見ていますからね。――ほーら、おばあちゃんですよ～！　べろべろばー！」

レオーネからレオルグを受け取るなり、王太后はいつもの威厳はどこへやら、途端に相好《そうごう》を崩して孫をあやしにかかる。

それは彼女だけでなく王女様方も一緒だ。レオルグは今のところ、王族の女性たち全員から可愛がられている状態だった。

だが女性にちやほやされても、あまりいい顔をしないところも父親に似たのか、レオルグ本人の反応は薄い。それでも息子がくつろいだ様子でいるのがわかるので、レオーネも安心して子供部屋をあとにした。

——一年半前、国王の婚約者として王城に滞在することになったレオーネだが、実際に結婚式を挙げるまでには少し時間がかかってしまった。

時を同じくして訪れたスレイグの使節団の処理や、相手国への対応で忙しくなり、結婚式を挙げている場合ではなくなってしまったことが一番の原因だ。

それにレオーネはすでにレオルグを身ごもっており、初産《ういざん》のためあまり心身に負荷をかけるのはよくないという医師の見解のもと、出産を終えてからの挙式と決まったのだった。

だがそれは悪いことばかりではなかった。挙式まで猶予ができたので、身体に無理のない範囲で王妃教育を受けることができたし、王城の一室を子供部屋に改築する時間も取れた。

王太后はもちろん、四人の王女様方ともとても仲良くなれた。彼女たちから王宮のしきたりや主要貴族について教わるのはもちろん、サロンに招待されたりするうちに貴族令嬢の友人も持つことができた。王都に知り合いが少ないレオーネにとっては、ありがたい限りだった。

レオルグも予定通りの時期に、とても元気に産まれてきた。

産みの苦しみに耐えるレオーネも大変だったが、ギルバートはギルバートで大変だったらしい。部屋の外で待っていた彼は、何度も「順調なのか？」「無事なのか？」「いつ頃産まれるんだ？」と医師や看護師を問い詰めて、そのたびに周囲にたしなめられていたという。

あのギルバートが、とレオーネがあんぐり口を開けて驚くと、王太后も「陛下は天地がひっくり返っても驚かない性格なのだと思っていたけれど、愛する妃が絡むと違うのね」と、とても楽しそうに笑っていた。

出産から三ヶ月経った今は、レオーネの身体もすっかり回復して、剣や乗馬の稽古を再開するほどになってきている。

レオルグも順調に大きくなって、首が据わったこの頃は、身体をくいっとねじって寝返りを打つ素振りも見せ始めていた。

そうやってレオルグの成長が見えるたびに、王太后や王女様方が大騒ぎして喜ぶので、王城の雰囲気もほのぼのして、平和そのものである。

——明日はいよいよ、ギルバートとレオーネの結婚式だ。

レオーネは体調を整えておくように言われているので、特にやることはない。当日は朝から忙しいとのことだから、今日はゆっくりする予定だ。

とはいえウェディングドレスができあがったと聞かされれば、やはり浮き足立たずにはいられない。

用意されていたドレスは、以前試着したときよりさらに豪華になっていた。

「すごいわ。真珠がこんなにたくさん縫い付けられているなんて」

トルソーに掛けられたドレスの前に立ち、レオーネはうっとりとその胸元にふれた。

グリスフィン王国は南がほんの少し海に接しているだけなので、海の産業はあまり発達していない。だから海で取れる真珠や珊瑚《さんご》といった宝石は、かなりの高値で売買されているのだ。

だというのに、ウェディングドレスの襟元《えりもと》や袖《そで》には真珠が連なり、大きく膨らんだスカートにも、小粒の真珠がこれでもかと縫い付けられていた。

「ドレスは国費で制作しておりますが、こちらの宝石はすべて陛下が個人で買い集められたのだとか。それだけレオーネ様が陛下のご寵愛を受けている証拠ですわ」

「こ、個人でこれだけの宝石をっ？　ギルバート様ったら、貧乏になっちゃうんじゃ……」

本気半分で呟くレオーネの耳に、不機嫌な声が飛び込んできた。

「わたしは仮にも一国の王だぞ。この程度で貧乏になってたまるか」

「きゃっ、陛下、いつからそこに!?」

仰天したレオーネは文字通り跳び上がる。いつの間にか背後にギルバートが立っていた。

ギルバートは一年半前に比べ少し髪が伸び、肩幅もしっかりしてきて、さらに男ぶりが上がった。大人の男性の色気も滲《にじ》み出るようになっており、今でもふとしたときにドキドキしてしまうレオーネである。

「ちょうど休憩中だったので抜けてきた。なかなかのドレスだな」

「そ、そうですか？　ちょっと豪華すぎるんじゃないかと心配なのですが……」

「おまえは普段は装《よそお》いに金をかけないから、結婚式くらい派手にしても罰は当たらないだろう」

それはそうかもしれないけれど。とレオーネは言いたくなるが、せっかくのギルバートの好意だ。

「ありがとうございます」と素直に頭を下げた。

「これから試着か？」

「はい……。どこかに引っかけてしまわないか心配です」

「たとえそうなっても明日までには直っているはずだ。そう固くなることはない。……明日が楽しみだな」

ドレスに一度目を向けて、ギルバートがほんの少し口元を緩める。

初めて会ったときにはまず見られなかった優しい表情を、この頃のギルバートはよく見せるようになっていた。

そのことが嬉しくて、レオーネも頬を染めて頷く。

「はい、とても、楽しみです」

部屋に集まっていたお針子や侍女たちが、気を利かせて退室していったので、二人はしばらくドレスを眺めていた。

少しして、ギルバートがなにかを思い出した様子で視線を向けてきた。

「幽閉していたグロリア王女に関することだが、知りたいか？」

レオーネはハッと息を呑んで、すぐに頷いた。

「産後の肥立《ひだ》ちが悪いと聞いていましたが、なにかありましたか？」

一年前にやってきたスレイグの使節団の者は現在、投獄されたり、炭鉱に強制労働に出されたりしている。

だがグロリア王女は、身分が身分ということもあって、母子ともに王家の離宮の一つに幽閉されていた。

――およそ一年前、ギルバートは使節団を拘束してすぐ、レオーネの殺害未遂容疑も含め、スレイグ王国へ正式に抗議し、謝罪と国としての対応を求めた。

しかし、スレイグの回答は非情なものだった。

すべてはグロリア王女が独断で行《おこな》ったこと――スレイグ国はまったく関与しておらず、王女個人の責任だと回答してきたのだ。

要は、自分たちの企《たくら》みや罪をすべて王女になすりつけたというわけである。

当然、グリスフィン側がそれを受け入れるはずがない。

何度もやり取りをして、かなり強い言い方で相手を糾弾《きゅうだん》したが、スレイグ側はのらりくらりと逃げ続け、完全になかったことにする体《てい》を貫いた。

おまけにグロリア王女がフィーノ教を破門になったことを知ると、スレイグ王は王族の籍から彼女の名前を抹消し、あとは煮るなり焼くなり好きにしろと言い放ったのだ。

それらの対応に激怒したギルバートは、スレイグへの鉄鉱物などの輸入に規制をかけ、現在かなりの圧力をかけている最中である。

スレイグもいくつか報復措置を取ってきたが、グリスフィン側に大きな影響はない。グリスフィンとしては向こうが音《ね》を上げるのを待っているところだ。

だがレオーネは国同士の難しいことより、幽閉されているグロリア王女のことが気になっていた。

女児を出産したが母子ともに弱っていて、療養が必要だと聞かされていたこともあり、同じ子を持つ母として無関心ではいられなかったのだ。

「やけに心配そうだな。未遂とは言え、おまえを害そうとした女だぞ」

「もう過ぎたことですし。それに、子供を産んだ今だから余計に思うのですが、なりふり構わず思い詰めちゃう感覚は、割と理解できるんです」

当時のグロリア王女が、恋人が昏倒させられた途端に取り乱したのを思い出し、レオーネは小さくため息をつく。

あの様子から、王女が恋人をとても大切に思っていることは予想できた。彼とのあいだにできた子供を護るため、ギルバートと結婚してどうにか周囲の目を欺《あざむ》こうとしたのだろう。

「産前産後ってなぜかこう、一度落ち込むと負の感情のほうへ、どんどん引っ張られていく感じがするんです。王女様も我が子のために必死だったんでしょう」

わたしも妊娠初期は別人みたいに落ち込み続けたし……暗い顔になるレオーネに、ギルバートはなるほどと言いたげに頷いた。

「それで、王女様はお元気になったのですか？　まさか寝たきりなんてこと……」

「産後二ヶ月ほどは伏せっていたようだが、今は動けるようになってきたそうだ。もう少し落ち着いたら、西にあるミレディス女子修道院に母子共々移送するつもりだ」

「ミレディス女子修道院……あそこは規律が厳しいことで有名ですよね」

神に仕える修道女たちは日々を祈りに捧げている。日に二度の粗食と五度の祈り、それ以外は畑仕事や機織《はたお》りなど、休む間もなく働くそうだ。

それでも意に沿わぬ結婚や夫婦生活から逃れたい女性が、定期的に門扉《もんぴ》を叩くことでも知られている。

身分の上下にかかわらず、助けを求めてきた女性は受け入れることでも有名だった。

「スレイグの国教では一度でも罪を犯した者は地獄行きらしいが、我が国の国教では、充分に罪を贖《あがな》った者には許しが与えられる。厳しい暮らしの中で、王女であることを忘れて清貧に生きるなら、ひどい扱いはされないだろう。——だが王族として生まれ育った人間には、処刑されるよりも屈辱だろうな」

レオーネはゆっくり頷いた。

本来なら、国王の婚約者暗殺に加担してしまった彼女は、処刑されてもおかしくない。

だが破門され、国からも見捨てられた上に、なんの罪もないお腹の子供ともども殺されるというのは、あまりに気の毒な気がした。

ギルバートがレオーネと同じように思ったかは謎だが、スレイグ王国から好きにしてくれと言われた王女を処刑したところで、なんの益《えき》にもならないと思ったのだろう。

彼女が無事に出産を終え、身体の調子が戻ったところで罰を与えるあたりに、彼なりの優しさが見て取れる気がした。

「そういえば王女の恋人は使節の何人かと一緒に、強制労働に行っているんでしたっけ。……あ」

罪人が労働に行かされる炭鉱の場所を思い浮かべて、レオーネはハッと目を見張る。

確かあそこは国の西に位置しており、ミレディスタ女子修道院とそう離れていないところにあったはずだ……

「あの男はわたしに刃を向けたが、王女を護りたい一心だったということで、情状酌量し、極刑に処するのはやめた。刑罰は十年を言い渡してある」

「十年……あら？　でも確か、我が国で修道女になるには、成人であれば計十年の修行が必要だったはず――」

レオーネは思わずギルバートを振り仰ぐ。彼は心なし優しい面持《おもも》ちで頷いた。

「十年後、二人に相手を思い合う気持ちがまだあるなら、この国の片隅で家庭を持つことを許そうと思う。――もっとも、片方が逃げ出したり、さらなる罰を負うようなことがあれば、そんな機会は一生巡《めぐ》ってこないがな。どのみちスレイグから追放されて行き場のない者たちだ。監視はつけるが、あとはもうどうなろうと知ったことではない」

レオーネは大きく息を呑んで、それから満面の笑みになった。

「ギルバート様って、やっぱりすごくお優しいですよね。やり方がちょっと不器用ですけれど」

「どういう意味だ」

「そのままの意味ですって。でも……よかった。あとは本人たち次第でしょうから、わたしはもうなにも聞きません」

レオーネの言葉に、ギルバートも頷いた。二人はまた視線をウェディングドレスに戻し、これから待つ幸せに思いを馳《は》せる。

「陛下、そろそろお戻りを……」

「わかった。ではまた……夜に」

呼びにきた側近に短く答えてから、ギルバートは囁《ささや》く。レオーネはにっこりと頷いた。

「はい、お待ちしております」

ギルバートもほんの少し笑って、部屋を出ていった。

＊　＊

――翌日はまぶしいほどの快晴だった。

国王夫妻の結婚を天気まで祝っていると、王城のみならず王都も――いや、王都も含め国中がお祭り騒ぎだ。式は昼からだというのに、すでに多くの店で酒盛りが行《おこな》われ、あちこちで国王陛下万《ばん》歳《ざい》！　の声が上がっている。

そんな城下の様子を耳にしつつ、レオーネはレオルグへたっぷりお乳を含ませてから、超特急でウェディングドレスの着付けに入った。今日は計三回ほど着替えることになっている。

いつもはドレス姿で走らないでくださいと注意する周囲も、今日ばかりは「お急ぎください！」と急《せ》かす始末だ。

「うぅ、お乳をこまめにあげないと胸が張って痛くなるっていうのは、出産前には思いもよらなかったことだわ。わかっていたらスケジュールも、もうちょっとどうにかできたかもしれないのに！」

「産んでもあまりお乳が出ない母親もいますからねぇ。これぱっかりはなってみないとわからないものですよ、お妃様」

「そうそう。なんでもそのときになって初めてわかるものですから」

王城から大急ぎで駆けつけ、大聖堂の控え室に入ってぜーはーするレオーネに、侍女や聖職者がコロコロ笑いながら声をかけてくる。

——確かにその通りだ。何事もなってみないとわからない。

レオーネだって、王都にくる前は自分がギルバートと結婚するなど思いもよらなかった。国王の結婚式がこれほど大変なことだというのも。

だが、一人だったら混乱をきたしそうな事柄を前にしても、ギルバートを始め、支えてくれる多くのひとがいるなら乗り越えられる。

今だって、侍女たちは急いで衣装を直してくれているし、聖職者たちも式の段取りを丁寧に教えてくれた。王城に残してきたレオルグには、優秀な乳母《うば》が二人もついているから心配ない。

レオーネはにっこりと微笑んだ。

「さて、そろそろお時間です。音楽が鳴って少ししてから扉が開きますので、お妃様はお父上のエスコートでまっすぐ歩いてください」

「わかりました」

レオーネが頷くと同時に、遠くからオルガンが響く音がしてくる。一行は速やかに控え室を出て、会場へ移動した。

音楽がどんどん大きくなる中、聖堂の扉の前に到着する。計ったように、扉が内側から開かれた。

音楽がそれまでより大きく響き、ずらりと並ぶ参列者がレオーネを見つめた。

厳《おごそ》かな表情をしているひともいれば、笑顔のひともいる。

音楽が響く中、レオーネはすぐ側に立っている父の腕に、そっと自分の手を添えた。

「綺麗だな、レオーネ。死んだ母さんには負けるが」

これだけ厳粛《げんしゅく》な雰囲気の中でも、天下のフィディオロス将軍はいつも通りだった。にこにこと嬉しそうにしながら、レオーネの花嫁姿を小声で褒《ほ》めてくれる。

「ありがとう、お父様。嬉しいわ」

「幸せになれよ。――と、言いたいが、もう充分幸せそうだな。顔に書いてある」

悪戯《いたずら》っぽく片目をつむる父に、レオーネも笑った。

「ええ、とっても幸せ」

そうして祭壇までの道を歩いて行くと、目の前にギルバートの姿が見える。

白を基調としたきらびやかな軍服に身を包む彼は、ヴェール越しに見えるレオーネの笑顔に気づいて、わずかに目を細める。

レオーネの手が将軍から彼に渡り、二人は並んで祭壇の前に膝を突いた。

「――緊張しているのか？」

大司教のありがたい祈りの言葉が続く中、ギルバートが小声で問いかけてくる。

頭《こうべ》を垂れ手の中のブーケを見つめていたレオーネは、ギルバートに目を向けた。

彼は少し心配そうな顔でこちらを見ている。そんな彼にレオーネはにっこり笑った。

「いいえ、ギルバート様と一緒ですから、全然」

「実はわたしは少し緊張している」

「あら」

「……ようやく、おまえを王妃にするのだという実感が湧いてきた。これまでも一緒にいたが……これからが本当の夫婦の始まりだと思うと、柄にもなく緊張してくる」

思いもよらないギルバートの本音に、レオーネは驚くと同時に胸の奥が熱くなる。

彼がそう思うのは、それだけレオーネのことを大切に考え、これからも大切にしていくと決意している証明みたいなものだ。彼のその気持ちが泣きたくなるほど嬉しかった。

「それでは、指輪の交換と誓いのキスを――」

大司教に促《うなが》されて、立ち上がった二人はゆっくり向かい合う。運ばれてきたクッションに載せられた指輪をそれぞれ取り、お互いの左手薬指へ嵌めた。大きさは違うが、どちらも金でできた国章入りの指輪だ。

一国の王妃になるのだという気持ちが高まって、喜び以上に身が引き締まる思いがする。

ギルバートもそう思ったのだろう。己の指に嵌まった指輪に一度目を止めてから、レオーネのヴェールにゆっくり手をかけた。

胸元までのヴェールが上げられて、視界が鮮やかになる。すぐ目の前にいるギルバートは、いつも上に凛々《りり》しく素敵に見えた。

「綺麗だな、レオーネ」

ギルバートもレオーネの花嫁姿を前に、感嘆のため息を漏らす。

レオーネは「陛下も」と呟き、そっと目を伏せた。

肩に手を添えられて、唇が優しく重ねられる。唇へのキスはもう何度もされたけれど、これほどひたむきな思いが込められたキスは初めてだ。

これから先なにがあっても、この方のお側にいる。

この方を愛し、支え、一緒に幸せを紡《つむ》いでいく――

改めてそのことを胸に誓って、目を開けたレオーネはギルバートに微笑みかける。ギルバートも、滅多に見せない笑顔を見せてくれた。

穏やかな雰囲気でありながら、強い絆を感じさせる二人のたたずまいに、参列者たちはほぅっとため息をつく。誰からともなく手を打ち鳴らし、大聖堂は万雷《ばんらい》の拍手に包まれた。

鐘が鳴り、国王夫妻が無事に成婚したことを国中に知らせる。

外で待っていた国民はわっと沸き立ち、広場は祝福で満たされたのだった。


その後、大聖堂を出た二人は、装飾のきらびやかな無蓋《むがい》馬車に乗り込み、王城までの道のりをパレードすることになっていた。

大聖堂にやってくるときは地味な馬車で裏道を疾走してきたのだが、帰りはゆったりとした速度だ。馬車が揺れるたびに、備え付けられた鈴がシャンシャン鳴って賑《にぎ》やかさに拍車をかける。

だがその鈴の音《ね》をかき消すほどの大歓声が王城まで延々と続いていて、レオーネは沿道に集まったひとの多さに、気圧されそうになっていた。

「すごいですね、陛下、国中のひとが集まっているみたい……！」

「そうだな。正直手を振り続けるのも苦行だが……一生に一度のことだ、我慢するとしよう」

あまり大げさに祝われるのは好きではないのか、ギルバートの表情は硬い。レオーネが「もっと笑わないと小さい子に怖がられますよ」と言っても、やはり変わらなかった。

「笑い慣れていないから、笑えと言われても困る」

終《しま》いにはそんなことを言い出す始末だ。

さっきの誓いのキスのときは笑ってくれていたし、執務の合間にレオルグの様子を見にくるときは、自然と口元が緩んでいるのにおかしいなぁ、とレオーネは噴き出しそうになる。

そんな会話をしながら民衆に手を振り続けるうちに、王城へ到着した。

城の奥に入ったら、大急ぎで授乳と着替えをして、遅めの昼餐《ちゅうさん》会へ参加しなければならない。忙《せわ》しない日程に目を回しそうになりつつ、レオーネはなんとか昼餐《ちゅうさん》会を終え、その後の舞踏会に向けてまた支度を整えた。

昼餐《ちゅうさん》会でも舞踏会でも、国内外の要人がひっきりなしに挨拶《あいさつ》にやってきて、顔と名前を覚えるだけでも一苦労だ。舞踏会ではギルバートが男性陣に捕まってしまったので、レオーネは王太后と王女様方に助けられつつ、なんとか王妃らしく振る舞うことに成功した。

だが全部が終わった頃にはくたくたに疲れてしまって、湯を浴びながらこくりとこくりと舟を漕《こ》ぐ状態だった。

「これだけ疲れていてもお乳は出るんだから、母親の身体って不思議……。あ、寝ちゃったわ」

湯上がりに髪を乾かされながら授乳していたレオーネは、腕の中で息子がふにゃりとしたのに気づいて、そーっと口元から乳首を外す。うとうとしている状態だと再びごくごくと乳を吸い出すレオルグだが、今日はあっさり引き離すことができた。

赤ん坊とはいえ、やはり常とは違う王城の雰囲気を察して、気疲れしていたのかもしれない。

昼のあいだはずいぶんぐずっていたと乳母《うば》から報告を受けている。明日はゆっくりできるので、いっぱい構ってあげようとレオーネは微笑んだ。

眠った息子を乳母《うば》に預けて、レオーネは湯上がりに着ていたガウンから夜着へと着替える。

初夜のためにあつらえた夜着は真っ白な生地《きじ》でできていて、所々に手の込んだ刺繍《ししゅう》が施《ほどこ》されていた。

「なんだか恥ずかしいわね……初めてどころか、もう子供も産んでいるのに」

まるで処女のような扱いに頬が赤らむ。

そんなレオーネに侍女たちはくすくすと微笑んだ。

「よろしいではありませんか。一生に一度のことですし」

「まぁ……そう言われれば確かにそうね」

大聖堂から帰ってくる道すがら、ギルバートも似たようなことを言っていた。

レオーネは一人微笑みながら、ガウンを羽織り国王の寝室へ移動する。

どうしても女性のほうが支度に時間がかかるのに加え、授乳もしていたので、ギルバートはすでに寝室で待っていた。

が、結婚式の夜らしいムードはあまりなく、机にはいつも通り書類が積み上がっているし、重宝している密偵までたたずんでいた。

「お待たせしてごめんなさい、陛下。ええと、お仕事中なら出直してきますが」

「結婚式の夜に出直す花嫁がいてたまるものか。さすがに今日は仕事よりおまえを優先する」

ギルバートが立ち上がると同時に、密偵も音もなく姿を消す。

二人きりになると、ギルバートはレオーネをぎゅっと抱きしめた。

「疲れていないか？」

「お風呂で少しうとうとしていたので、今は大丈夫です」

レオーネも夫となったギルバートの背に腕を回してぎゅっと抱きつく。

そう、夫……彼をそう呼べる日がくるようになったのだ、とレオーネは幸せを噛みしめる。

これまでもほとんど夫婦同然で暮らしていたし、公式行事にも未来の王妃として出席していたが、あくまで呼称は『婚約者様』か『お妃様』だった。だが今日からは『王妃様』となり、ギルバート王の唯一の『花嫁』という立場になったのである。

「身体は……もう大丈夫なのか？　まだ痛みがあるのでは……」

レオーネの髪や額《ひたい》に口づけながら、ギルバートがおずおずと問いかける。妊娠中はもちろん、出産してからも、ギルバートはレオーネの身体を気遣って交接に及ぼうとはしなかった。

同じ寝台で眠っていたので、なんとなくそういう気分になることもあったが、ギルバートは挿入してくることはなく、レオーネを愛撫《あいぶ》するのみで、自身の欲望は自分で処理していた。

妊娠中はお腹の子が気になって、身体を繋げるのは怖いと感じていたレオーネにとってはありがたいことだった。産後は産後で、出産の痛みが尾を引いてとてもそんな気になれず、医師から日常の生活に戻っても大丈夫とお墨付きをもらっても、自分から誘うのは恥ずかしくて、結局なにもしないまま今日を迎えてしまったのだ。

とはいえ、産後数ヶ月経った今では、身体の痛みはすっかりなくなった。馬にも乗れるようになったのだ。きっと身体を繋げても大丈夫だろう。

「むしろ、わたしの都合でここまでお待たせしてしまって、すみませんでした」

レオーネがぺこりと頭を下げると、ギルバートは驚いた様子で目を見張った。

「謝ることではない。身ごもっているあいだは子供を優先させるのが当然だし、産後はしっかり休まないとのちのち支障が出ると医師から説明があった。一時の無理でおまえの健康を損《そこ》ねるくらいなら、わたしが禁欲したほうがよほどいい」

「陛下……」

「ギルバートだ。公《おおやけ》の場では難しいだろうが、二人きりの場では……そう呼んでくれ」

掠れた声で囁《ささや》かれて、レオーネはぼっと赤くなった。出会ってもう一年半経つのに、艶《つや》を帯びたこの声には未だ慣れずにドキドキしてしまう。

「はい、ギルバート様――」

赤くなりながら頷いたレオーネにギルバートはほんの少し口元を緩めて、彼女を横抱きに抱え上げる。

まるでお姫様扱いだ。恥ずかしくて、さらに顔が熱くなる。

「あ、あの、重たくないですか？　まだ運動を始めたばかりなので、体型も体重も完全にもとには戻っていなくてですね、ひょっとしたらお目汚しかも……」

急に不安が芽生えて、レオーネは小声でもごもごと呟く。侍女も乳母《うば》も「痩《や》せるのが早い！」とことあるごとに驚いているけれど、多分にお世辞が入っているはず。実際に裸で姿見の前に立つと、こんなに変わってしまうものかと驚いたくらいだ。

そんなレオーネの躊躇《ためら》いを、ギルバートは鮮やかに一蹴《いっしゅう》した。

「そんなわけがあるか。わたしの子を命がけで産んでくれたのだ。神々《こうごう》しく思いこそすれ、気分を害することなどありえない」

「こ、神々《こうごう》しい、ですか……」

それはそれで恥ずかしい。

なにも言えなくなったレオーネを、ギルバートはそっと寝台に横たえた。そして自《みずか》らのガウンと夜着に手をかける。

すべて脱ぎ捨て全裸になったギルバートは、緊張で固くなるレオーネに覆《おお》い被さると、結婚式のときのような優しいキスをくれた。

唇だけでなく、鼻先や頬にも軽くキスをしてくるギルバートに、レオーネは恥ずかしさとくすぐったさを覚えて首をすくめる。

「ギルバート様……」

「レオルグのことも気になるだろうが……今夜はわたしに集中してくれ。痛みの心配がないなら、久しぶりに……おまえの中に挿《はい》りたい」

ぐっと腰を押しつけられて、レオーネは首まで赤くなる。ギルバートのそこはすでに熱く滾《たぎ》って、隆々《りゅうりゅう》と勃起していた。

「い、いつの間にそんな……んっ……」

恥ずかしくて視線を逸《そ》らすと、よそ見するなとばかりにギルバートが深く口づけてくる。肉厚の舌が口内に入り込んできて、久々に感じる彼の熱に背筋がふるりと震えた。

「ふあっ……、んっ……」

感じやすい歯列の裏を舐《な》められ、舌の根を軽く吸われる。それだけでくらりとしてしまって、レオーネの身体からほんの少し緊張がとけていった。

レオーネも自分の舌をおずおずと絡ませていく。舌の裏を刺激されるのにひどく感じてしまって、淫《みだ》らな声が鼻から抜けた。

「あンンっ……！」

「レオーネ――」

口づけを深めながら、ギルバートが大きな手をレオーネの夜着にかける。胸元の紐を解いてしまえば、あとは抵抗なくするりと脱げてしまう夜着だ。レオーネも少し腰を浮かして、彼が脱がせるのを手伝った。

「綺麗だ……」

一度顔を上げ、レオーネの素肌を見たギルバートは、しみじみした口調でそう呟く。

彼の瞳に嘘は見当たらない。レオーネはほっとすると同時に、胸の奥が熱くなるのを感じた。

ギルバートは再び覆《おお》い被さってくると、今度は耳元に唇を寄せてくる。

感じやすい耳は、吐息がかかるだけで身体がびくっと震えてしまう。それに気づいたギルバートは、楽しげに耳裏に舌を這《は》わせてきた。

「んぅっ……あ、あんっ……」

同時に胸にも手を添え、膨らみを優しくこねる。乳頭を刺激されると肌の奥が疼《うず》いて、下腹部の奥が熱くなるのを感じた。

「今夜だけは、レオルグからここを返してもらわないとな」

「そ、そんな……、だめ、溢《あふ》れちゃうかも……っ」

ピンと尖った乳首をくわえ、軽く吸い上げてくるギルバートを、レオーネは慌てて止めようとする。だがギルバートはそのまま、感じやすい乳首を舌先でコロコロ転がし始めた。

「あ、ああっ……、んぅ……」

「別に溢《あふ》れても構わない。ん……甘いな」

ギルバートの一言にレオーネは耳まで真っ赤になる。だがギルバートは構わず、もう一方の乳首も舌で刺激してきた。

子供を産んでもそこは感じやすいままなのか……吸い上げられ、指先で軽く擦られるたびに、レオーネは強い愉悦《ゆえつ》を感じて、腰をビクビク震わせてしまう。

「んあっ……、は、ああ、あ……、ギルバート……、んっ……！」

じゅっと音がするほど吸い上げられて、レオーネの身体がびくっと浮き上がる。同時に下肢からとろりと溢《あふ》れる感覚があって、レオーネは声もなく涙ぐんだ。

「そろそろ濡れてきたか……？」

「……あ、あ、今はさわっちゃ……っ、んん！」

駄目と言ってやめてくれるギルバートではない。わかっているのに、つい止めようとしたレオーネは甘いうめき声を漏らす。ギルバートの指先が下肢へ伸び、蜜口のあたりにふれたのだ。

かすかに曲げた指先に粘性の蜜液がとろりと纏《まと》わり付いているのを見て、居たたまれなさのあまり両手で顔を覆《おお》う。

「敏感なままだな。だが、そのほうがいい」

「よ、よくないです、恥ずかし……っ、あ、あぁっ……」

指をするりと蜜口に入れられ、自然と力が入ってしまう。身を固くしたレオーネに気づいて、ギルバートは身体を倒し口づけてきた。

「んぅ……、ふぁ、ん……っ」

「……痛むか？」

舌を激しく絡ませながら、指先をくいっと動かされ、レオーネは小さく首を横に振る。指一本なら痛みはない。久々に感じる異物感に、どうしても緊張が高まってしまうが。

ギルバートは急ぐことなく、感じやすいところを慎重に指の腹で擦って、緩い刺激を与えてくる。お腹の奥がどんどん熱くなり、レオーネの足がひとりでに開いていった。

「ふぁ……、ああ、ギル……、あんっ……」

指がくいっと曲げられて、花芯の裏あたりを刺激される。思わず高い声を上げたレオーネに、ギルバートはかすかに笑った。

「よさそうだな。舌も使っていいか……？」

「ひ……、い、いやです、もっと、感じちゃう……っ、んあっ、あぁああ……！」

レオーネが拒否するより先に、素早く身体を移動させたギルバートが、膨らんだ花芯に吸い付いてくる。包皮の上から舌でヌルヌルと刺激され、レオーネの唇から漏れる声が大きくなった。

「ふぁああ、だめ、つよい……っ、あ、あ、中も、動かしちゃ……っ、あぁああ！」

花芯を唇で挟みきつく吸い上げられると同時に、指を大きく抜き差しされる。中と外、両方から与えられる刺激に翻弄《ほんろう》され、レオーネは腰をふるふると震わせた。

強い刺激に耐えられずギルバートの頭を押しやろうとするが、繰り返し花芯を吸われるうち、いつの間にかすがりつくように彼の黒髪を握ってしまう。

つま先をビクビクと震わせ、白い喉を反《そ》らして喘《あえ》ぐレオーネを上目遣いに見つめながら、ギルバートは執拗《しつよう》に感じやすいところを攻め立ててくる。

「あ、あぁ、もぅ……、んっ、あぁンぅ――ッ……！」

募《つの》りに募《つの》った快感をこらえきれず、レオーネは背を弓なりにしならせて絶頂を迎える。

久しぶりの感覚に少し怖くなるが、身体の隅々まで解放感で満たされ、しばしうっとりと目を伏せて感じ入ってしまった。

「はぁ、はぁ……っ、んぅ、あ……」

唇の端から溢《あふ》れそうになっていた唾液をこくりと飲み干し、ゆっくりと目を開ける。

いつの間にか身体を起こしていたギルバートは、愛しげなまなざしでレオーネを見下ろしていた。

「ギルバートさ……、んっ……」

口づけられて、レオーネはゆっくりとまぶたを伏せる。

ギルバートは熱い舌でレオーネの口内を丹念に舐《な》めてきた。未だ絶頂の余韻が抜けきらないレオーネは、舌を吸われるだけでひくんひくんと腰を揺らしてしまう。

「ふぁっ……あ、ギル……っ」

口内を丹念に舐《な》められながら胸を揉まれると、再び身体が熱くなってじっとしていられない。もぞもぞと身体を揺らすレオーネにギルバートはかすかに目を細め、彼女のすらりとした足を抱え上げた。

「や、やだ、恥ずかしい……っ」

両足を持ち上げられると、秘所が丸見えになってしまう。

慌てて閉じようとしたそのとき、ギルバートがいきり立った逸物をレオーネの秘所に押し当ててきた。

「やっ……」

「このまま挟んで……そう、そのままでいてくれ」

「う、あ、あぁ……っ」

いつの間にやら、秘所と太腿の隙間に彼の肉棒が収まっている。その状態で腰を前後に動かされると、反《そ》り返った肉竿が陰唇のくぼみを擦って、えも言われぬ快感が襲ってきた。

「あ、や、やだ、恥ずかし……っ」

ギルバートが腰を前後させるたび、レオーネの下腹あたりに彼の亀頭がぬるりと顔を出すのだ。おまけに肉竿が秘所を擦っていく瞬間、くびれた部分が花芯を刺激してくる。

溢《あふ》れる蜜が肉竿の滑りを助けて、ヌチュヌチュと音を立てるのも恥ずかしすぎた。

「いきなり挿《い》れて痛くなるのはいやだろう……。こうして、擦っていけば……」

「あ、あ、あ、だめ、激し……っ」

「中で出し入れしているときの感覚を思い出せて、いいだろう……？」

レオーネは首を横に振るが、彼の竿部が陰唇のあいだを滑っていくのは思いがけず気持ちいい。熱い肉塊が滑るたびに、奥を突かれている錯覚を覚えて、身体の芯が甘く痺《しび》れた。

「んく、はっ、あぁあ、やぁ……っ、気持ちよくなっちゃう……っ」

なにも挿《い》れられていない蜜口は、奥まで満たしてくれる質量を求めてヒクヒクとよだれを垂らしている。おかげでギルバートの肉槍もレオーネの秘所も、淫《みだ》らな蜜で濡れそぼっていた。

二人の身体だけでなく敷布にまでシミを作るほど、どんどん溢《あふ》れてくる。

「はぁっ、あぁ、ギル……っ、ああ、いく、いっちゃ、から……っ、……ああっ！」

ぐちゅぐちゅという水音とともに揺さぶられて、熱に浮かされた声を漏らした瞬間、乳首に吸い付かれて悲鳴を上げる。敏感になった身体には刺激が強すぎて、レオーネはびくんっと身体を跳ね上げた。

軽い絶頂に襲われているあいだも、ギルバートの腰の動きは止まらない。その状態で乳首を擦られ、首筋を吸われ、耳孔を刺激されて、レオーネはいともたやすく陥落した。

「だ、めぇえぇ……っ！　あ、あんっ、ん、ふぁ……、んあぁあああ――……ッ!!」

再び熱い大波が襲ってきて、レオーネは陸に打ち上げられた魚のようにびくびくっと全身を震わせる。蜜口がヒクヒクとうごめき、さらなる蜜を溢《あふ》れさせる中、ギルバートはようやく彼女の足を解放した。

「はぁ、はぁ……っ」

足をだらりと投げ出しながらも、身体は勝手に小刻みに跳ねる。ぐったりとしたレオーネの足を再び大きく開かせて、ギルバートが再び身体を割り入れてきた。

「んっ……、ギルバート様……」

「そろそろ挿《い》れるぞ。わたしも……限界だ」

すっかり蜜まみれになった肉棒は未だ硬度を失わずに反《そ》り返っている。

彼の言う通り限界なのだろう。先端の小さな孔《あな》からは先走りがこぼれ、蜜と混ざってぬらりと卑《ひ》猥《わい》に光っていた。

今一度レオーネの蜜壺に指を入れて、彼女が痛がらないことを確認してから、ギルバートは慎重に肉棒の先端を蜜口にあてがう。

すぐにでも奥まで突き入れて腰を動かしたいだろうに、欲望ではなくレオーネへの気遣いを優先してくれる彼に、泣きたいほどの幸せを覚えた。

「ギルバート様、わたしは大丈夫……挿《い》れて、お願い」

「レオーネ」

「わたしも欲しいの……奥、ずっと熱くて……」

レオーネは自分からギルバートに抱きつく。彼の太い首筋に両腕を回してそっと口づけると、かすかに息を呑む気配がした。

「……ね？　だから……」

「……そんなことをして、止められなくなっても知らないぞ……っ」

「え？　あの、ギル……んあああっ！」

いきり立った肉棒がいきなりずぶりと挿《はい》り込んできて、レオーネは大きく目を見開いた。

「あ、はっ……」

「ひとが優しくしようとしているのに、そうやって煽《あお》ってきて……もう……お仕置きだ」

「あ、ま、待って……ッ、まって、あぁあん！」

まるで聞く耳を持たず、ギルバートは腰を深くまで押し付けてきた。

心配していた痛みはなかったが、代わりに脳天を貫くような鋭い快楽に見舞われる。

レオーネは喉を反《そ》らして悲鳴を上げた。

激しい抽送《ちゅうそう》に身体ごと揺さぶられて、目の前がチカチカする。

「ハッ、あぁ、あ、ギル、ギルバート……っ、んぁあああ！　も……いっちゃう……っ！」

「いけばいい、いくらでも……っ、ぐっ」

ギルバートが苦しげに奥歯を噛みしめる。すっかり熟《う》れたレオーネの膣壁は男根にきつく絡みつき、もっと奥へ引き込もうとするように蠕動《ぜんどう》する。

反《そ》り返った肉棒が奥を突くのも、膣壁を擦っていくのもたまらなく気持ちよくて、レオーネは込み上げる熱い愉悦《ゆえつ》に、為す術《すべ》もなく甘く喘《あえ》いだ。

「はぁっ、ああっ、気持ちぃ……っ、あぁあん、いいのぉ……！」

身体中が煮え立つほどの気持ちよさに、無意識のうちに淫《みだ》らな言葉が漏れる。あとで思い出したら恥ずかしくて卒倒しそうだが、今は与えられる快楽と喜悦《きえつ》に浸《ひた》りきっていた。

「んぅっ、ん、あぁ、いい……っ、ギル、いいの、好き……！」

頭の中まで熱く滾《たぎ》らせながら、レオーネは切れ切れの呼吸の合間に訴えた。

「あなたが好き……っ、あいしてる……！」

かすかにうめいたギルバートが、レオーネの唇に食らいつく。

激しく舌を絡められ、乳房を揉まれたレオーネが嬌声《きょうせい》を上げる中、ギルバートも掠れた声で告げた。

「わたしもだ。おまえを愛している……溺《おぼ》れるほどに……、――っ」

ギルバートが小さくうめいて、腰をひときわ強く打ち付けてくる。

腰が浮き上がるほどの挿入に引きずられるように、レオーネは再び絶頂へ飛ばされた。深い快感で息が止まって、頭の中が真っ白になる。

次に気づいたときには、レオーネは寝台にうつ伏せにされていた。腰だけ高々と持ち上げられて、片方の腕を引かれた状態で揺さぶられている。

「……んあぁっ、あぁ、ギル……っ、あぁ、だめ、深いのぉ……！」

うしろから貫かれると、感じやすい花芯の裏あたりに快感が強く響き、気持ちよさのあまりレオーネは啜《すす》り泣く。だがギルバートは行為をやめず、剥《む》き出しになった花芯を指できゅっとつまんできた。

「ぅあああぁぁあんっ！」

強烈な刺激を我慢できず、レオーネは首を反《そ》らして悲鳴を上げる。蜜壺がぎゅぅっと男根を締め付け、ギルバートがやや苦しげな声を漏らした。

「はっ、はぁ、だめぇ、そこいじっちゃ……っ、んあああ！」

赤い舌をのぞかせながら喘《あえ》ぐレオーネを、ギルバートは容赦《ようしゃ》なく高めていく。まるでふれられなかった月日を埋めるかのごとく、執拗《しつよう》に奥を攻め立ててきた。

あ、あ、と切れ切れの声を漏らすレオーネをぐっと引き寄せ、あぐらを掻いた自分の上に背中から座らせる。彼の肩口に後頭部を預け、自然と反《そ》り返ったレオーネは、今度は胸を揉まれてびくびくっと全身を震わせた。

「つんく、も、だめぇぇえ……ッ、あん、あぁあ、あ……！」

「上の口はそう言っても、おまえの下の口はわたしを食い締めて離さないぞ……っ、なんて締め付けだ……っ」

「あぁああん、いやあ、いっちゃ……、あぁあん！」

乳首をきゅっとつまれると同時に、真下からずんっと突き上げられて、レオーネはもう何度目かわからない絶頂を迎える。胸を激しく上下させて呼吸する彼女を振り向かせて、ギルバートは激しく口づけてきた。

「んぅうっ……！」

「まだ足りない……、レオーネ、もう少し――」

「む、むり、無理です、へいか……、あぁあん！」

「だからギルバートと呼べと言っている。お仕置きだ」

「無理無理無理……！　あぁあん、また、いくからぁ、ひぁあああん……ッ!!」

花芯を擦られ、うなじを吸われ、再び奥まで突き入れられて――

めまぐるしい快感の渦にすっかり溺《おぼ》れ、レオーネは息も絶え絶えになるほど、ギルバートの愛を注《そそ》ぎ込まれたのだった。

＊　　＊

――それから五年後。

制裁に音《ね》を上げた隣国スレイグが、王女の件を含め、全面的に謝罪することになり、緊張状態にあった二国はようやく和解の道へと歩き始める。

ほどなくスレイグ国王が病のため死去し、その息子が王位に就いたが、彼は先進的な考えの持ち主だったため、ギルバートとも話が合った。

そして、その後のグリスフィンは長く平和と繁栄の時代を歩むことになる。


その日、執務を抜けたギルバートは中庭へ下りた。

そこでは乗馬服に身を包んだ王妃レオーネと、彼の愛する息子たちが、練習用の木刀を持って剣の稽古に励《はげ》んでいた。

「レオ、踏み込みが甘いわ。もっと鋭く！　ギャリーは力任せに振り回さないで、相手をもっとよく見て！」

「お母さまの稽古、きびしすぎるよ～」

レオーネの容赦《ようしゃ》ない教えに、先に音《ね》を上げたのはもうすぐ四歳になる次男のギャリーだ。木刀を放り出し、草の上に大の字に寝っ転がってしまう。

それを見て、雑草をむしって遊んでいた長女のレイラがきゃはははっと笑った。

まだ二歳に満たないレイラは、その辺のものをなんでも口にしてしまうので、近くに待機する乳母《うば》たちがハラハラしながら見守っている。

そんな子供たちの前で仁王立《におうだ》ちするレオーネは、「仕方ないわねぇ」とため息をついて、再び木刀を構えた。

「よし、じゃあレオの相手はお母様がしてあげる。思いっきりかかってきなさい！」

「はい！　――やぁっ！」

五歳のレオルグはいっぱしの返事をして、すぐに木刀を振り上げてレオーネに向かっていく。

難なく受け止めたレオーネは、その後も剣筋を見極めながら的確に注意していった。

「そこ、脇が甘い！　ただ振り下ろすんじゃなくて、身体の軸を気にしなさい！　ほら、もっと強く打ち込んできて！　もっと！」

「……確かに、教師としてつけている騎士より容赦《ようしゃ》がないな」

遠くから見守っていたギルバートがぽつりと呟くと、父親の姿に気づいて、レイラが「あー！」と声を上げた。すかさず立ち上がり駆け寄ってくる娘を、ギルバートは危なげなく抱き上げる。

「おとーしゃまー！」

「そのうち、おまえまで一緒に稽古をしたいと言い出しかねないな、レイラ」

苦笑する父親の頭にぎゅっと抱きついて、レイラは楽しげな笑い声を上げる。

二人に気づいたレオーネも動きを止めて、片手をぶんぶん振ってきた。

「あ、陛下！　休憩ですか……って、痛ぁっ！」

「お母様、隙あり！」

レオーネが気を抜いた一瞬を見逃さず、レオルグが彼女の脛《すね》に一撃を食らわせる。木刀とはいえ、それなりの強さで攻撃を受けて、レオーネはその場にしゃがみ込んだ。

「くぅぅっ、やったなぁああ～……！　って、言いたいけれど、レオの言う通り、気を抜いたお母様の負けね」

「へへへっ、やったぁ、勝ったぁ！　ね、ね、もうおやつにしていい？」

「いつもよりちょっと早いけれど、いいわよ。ご褒美《ほうび》ね」

子供たちは「おやつ」の言葉にピクッと反応し、歓声を上げて我先にと城へ向かう。レイラまで肩の上でジタバタし始めたので、ギルバートは娘をそっと地面に降ろした。

そうしてお菓子を食べに子供たちと乳母《うば》が城へ入っていく中、レオーネは木刀を集めてきちんと保管場所へ戻す。ギルバートのもとに戻ってきた彼女は、少し背伸びをして夫の頬に口づけた。

「最近は休憩も取れずにいたようでしたから、心配していました。お顔の色は悪くないようですね。お元気そうです」

「この程度の忙しさで体調を崩すわたしではない。が、この頃は鍛錬もままならないな。レオルグの相手もしてやりたいが……」

「レオルグもギャリーも心得ていますわ。お父様にお相手してもらうときのために、レオルグは人一倍熱心に稽古しています」

「確かに、踏み込みに躊躇《ためら》いがなくなってきたな」

子供たちについて話しながら、二人は近くの東屋《あずまや》に入って腰を下ろす。東屋《あずまや》には休憩用のお茶が置かれていて、レオーネはポットのお湯を注《そそ》いで手早くお茶を淹れた。

「はい、陛下。ハーブティーです。ふふふ、なんだか懐《なつ》かしいわ……」

「ああ、そうだな。湖の離宮で、おまえが入れてくれたカモミールのハーブティー……」

カップに注《つ》がれた薄い黄緑色のお茶を見て、ギルバートがふっと微笑んだ。

「どうしたのですか？」

「いや。思えば、あの茶を飲んだときには、もうわたしはおまえに惚れていたな、と思って。いつもは毒味役を立てるのに、おまえの淹れた茶に毒が入っていると疑うほうがどうかしている、と思ったくらいだから。それは裏を返せば、おまえになら毒殺されても構わないと考えているということだ……」

「ああ、そんなことを言われたような……。でも陛下を毒殺なんてしませんよ。わたしはあの頃も今も、ずーっと陛下をお護りしたいと思っています。今はどちらかと言うと護られている感じが強いですけど」

「当然だ。わたしがおまえを護りたいと思っているのだから」

「ふふっ、陛下、気づいています？　口元が緩んで、素敵な笑みを浮かべていらっしゃいますよ」

「そうか？」

ギルバートは思わず頬に手をやる。それを見たレオーネは楽しそうに笑った。

「ええ。最初にお会いしたときのお顔はとっても怖かったですけど、今はすっかり優しくなられて。きっと子供たちのおかげですね」

「いや、子供というより……」

ギルバートが言いかけたとき、頭上から「お父さま、お母さまぁ！」と呼ぶ声が聞こえて、二人揃って顔を上げる。

東屋《あずまや》の大きな窓から、城の二階で手を振る子供たちの姿が見えた。

みんなお菓子を手に幸せそうに笑っている。レオーネはにこにこと手を振り返した。

幸せそうな彼女の横顔に、ギルバートも自然と温かな気持ちになる。

気づけば、誰よりも得がたい存在となって彼の心を満たしていたレオーネ。

どんなときでも、ギルバートにまっすぐ向き合ってきた彼女は、権謀術数《けんぼうじゅっすう》はびこる王宮にあって、今も太陽のように揺るぎなく輝いている。

王位を継いだ頃に比べ、今の自分の表情が柔らかくなっているというなら、それは間違いなくレオーネのおかげだろう。

彼女が側にいてくれるから、ギルバートも穏やかな気持ちでいることができる。

今や彼女の存在は、砂漠で見つけた泉と同じくらい、ギルバートの中で貴重で大切なものになっていた。

その上、彼女はこの五年で三人もの可愛い子供を授けてくれた。

改めて自分は果報者だと思うと、ギルバートの口から自然と感謝の言葉が滑り出る。

「ありがとう、レオーネ」

だが子供たちと話すレオーネには聞こえなかったようだ。「え、なんですか？」と返されてしまう。

きょとんとしたその顔が可愛らしくもおかしくて、ギルバートは危うく噴き出しそうになった。

「いや、なんでもない。そろそろ中に戻るか」

「そうですね……。いいえ、せっかくだから、このお茶を飲み終えるまでは一緒にいましょう？このところ夜以外で二人きりって、なかなかありませんでしたから」

そう言ったレオーネは子供たちにも「お父様とお茶してから行くわ」と答えて、きちんと席に座り直す。

そんなことを言われては、愛おしい気持ちが膨れ上がってしまう。ギルバートは隣に座る彼女をひょいと抱き上げ、自分の膝の上に座らせた。

「え、え？　陛下……」

「ギルバートだ」

短く囁《ささや》き、その唇に吸い付く。レオーネは目を丸くしたのち、少女のように頬を赤らめた。

「あ、あのですね、今は昼間で、姿は見えませんが衛兵もそこここにきちんと配置されていまして……」

「だから？」

そう言って、乗馬服の脚衣の上から彼女の太腿を撫でる。

真っ赤になった彼女は、小さくふるりと身を震わせた。

「だ、だから……こんなところで、その、不埒《ふらち》なことは、ちょっと……」

言いながら耳まで赤くする姿が本当に可愛い。少しからかうつもりが、思いがけず下半身が滾《たぎ》ってきて、ギルバートは節操のない己を自嘲した。

「なら、屋内に移動するか？」

「そ、それもちょっと……あの、夜にしませんか？」

こて、と首を傾《かし》げて提案する彼女に、ギルバートは今度こそ噴き出してしまった。

「わかった。それなら、夜にしよう。……久々に寝かせたくない気分だ」

レオーネはいよいよ恥じらって固まっていたが、ギルバートがちゅっと口づけると、仕方ないわねぇとでも言いたげに眉尻を下げる。

そうしてまんざらでもない様子で、自分からギルバートの唇にそっとキスしてきた。

「わたしも、今夜はいっぱい愛してほしいです」

可愛いおねだりにギルバートは目を細める。

そのまま、柔らかな妃の身体を抱き寄せ深く口づけた。レオーネも目を伏せ、うっとりとギルバートに身体を預ける。

寄り添う二人がいる東屋《あずまや》を、甘さを含んだ春の風が吹き抜けていく。

もう少しすれば季節は初夏。

二人が出会った、熱い季節が近づいていた。

NB ノーチェ文庫

真実を知った時、濃密な愛に蕩ける

疑われたロイヤルウェディング

佐倉紫《さくらゆかり》　イラスト：涼河マコト

価格：本体 640 円+税

初恋の王子との結婚が決まった、小国の王女アンリエッタ。けれど初めての夜、別人のように変貌した王子は、愛を告げるアンリエッタを蔑み、乱暴に彼女を抱いた。悲しむ彼女だったが、かつての優しい王子を信じ、その後も愛を捧げようと決める。すると頑なだった王子も徐々に心を開きはじめて……

詳しくは公式サイトにてご確認ください

https://www.noche-books.com/

携帯サイトはこちらから！

この作品に対する皆様のご意見・ご感想をお待ちしております。

おハガキ・お手紙は以下の宛先にお送りください。

【宛先】

〒150-6008 東京都渋谷区恵比寿4-20-3 恵比寿ガーデンプレイスタワー 8F
（株）アルファポリス　書籍感想係

メールフォームでのご意見・ご感想は右のQRコードから、
あるいは以下のワードで検索をかけてください。

アルファポリス　書籍の感想　検索

ご感想はこちらから

王国騎士《おうこくきし》になるはずがお妃候補《きさきこうほ》になりまして

佐倉 紫（さくら ゆかり）

2020年 2月 15日初版発行

編集－本山由美・宮田可南子
編集長－太田鉄平
発行者－梶本雄介
発行所－株式会社アルファポリス
〒150-6008 東京都渋谷区恵比寿4-20-3 恵比寿ガーデンプレイスタワー8F
TEL 03-6277-1601（営業）　03-6277-1602（編集）
URL https://www.alphapolis.co.jp/
発売元－株式会社星雲社（共同出版社・流通責任出版社）
〒112-0005 東京都文京区水道1-3-30
TEL 03-3868-3275
装丁イラスト－緒笠原くえん
装丁デザイン－AFTERGLOW
（レーベルフォーマットデザイン―ansyyqdesign）
印刷－図書印刷株式会社

価格はカバーに表示されてあります。

落丁乱丁の場合はアルファポリスまでご連絡ください。

送料は小社負担でお取り替えします。


ISBN978-4-434-27101-4 C0093